페페리코
라피넬리의
첫사랑

안톤 소야 글 허은 옮김

페페리코
라피넬리의
첫사랑

옥사나 바투리나 그림

소설 속에 등장하는 뤼네부르크(Lüneburg)는 독일 북부 니더작센주에 있는 도시이다. 뤼네부르크는 중세 시대에 소금으로 번성했던 도시였다. 당시에는 금보다 소금이 비쌌기 때문이다. 지금까지 옛 모습을 그대로 간직하고 있는 시청사, 성당, 성곽 등은 번성했던 중세 시대의 위용을 짐작하게 한다.

차례

뤼네부르크

프롤로그

혹은

손수건을
준비하시라

'옛날 옛적 자상하신 부모님이 페쟈라고 부르는
명랑한 광대 소년이 살고 있었다.'
우리 소설이 동화였다면 이렇게 시작되었을 것이다.
하지만 여러분 앞에 놓여 있는 글은
실제로 있었던 이야기이다.
그리고 이야기는 다음과 같이 시작된다.

광대 소년은 1년 전 이름을 바꾸었다. 부모님은 소년의 이름을 라피넬리 서커스단의 창시자이며 식인귀라는 별명을 가진 소년의 증조할아버지를 기념해 페데리코라고 지었다. 하지만 이제 소년은 자신의 삶에서 맨처음 친구가 되었던 조련사 페트로프처럼 자기를 페쟈*라고 불러달라며 사람들에게 끈질기게 부탁했다. 페트로프는 지금의 볼코프 형제와 마찬가지로 러시아인이었지만 볼코프 형제와는 달리 친절한 러시아인이었다. 페트로프는 곰을 조련했고 '곰을 삼킨 페쟈'라는 위협적인 별명을 가지고 있었다. 그러나 현실의 삶에선 별명과 정반대의 일이 일어났다. 지금으로부터 1년쯤 전인 작년 여름, 곰들은 리허설 도중 착한 조련사를 물어 죽였다. 이 사건 이후 서커스의 동물원에는 채식을 하는 맹수들만 남겨두었다. 직원을 잡아먹는 것은 오로지 서커스의 주인에게만 허용되었다. 광대 소년은 친구의 죽음을 몹시 슬퍼하며 조련사 페트로프의 이름을 자신이 가지고 페데리코는 무대를 위한 예명으로 남겨두었다. 어쩌면 이렇게 이름을 바꾼 것이 내가 이 이야기에서 서술하고자 하는, 앞으로 일어날 모든 이상한 사건의 원인인지도 모른다.

페쟈-페데리코는 열다섯 번째 생일을 여행 중에 맞이했다. 서커스단의 행렬은 이른 아침 소금을 연상시키는 이름을 가진 독일 도시 뤼네부르크의 거의 반쯤 무너져 내린 고풍스러운 성문으로 들어섰다. 두 차례의 세계 대전에도 불구하고 기적적으로 원래 모습 그대로 온전히 살아남은 뤼네부르크는 유럽의 전형

* 러시아 이름 표도르(Фёдор)의 애칭

적인 지방 소도시였다. 뤼네부르크는 도시가 가질 수 있는 모든 중세적인 아름다움을 현재까지 소중하고 감동적으로 보존하고 있었다. 나무 들보들이 가로지르는 살짝 기울어진 목골조 가옥들, 동물 모양 풍향계가 달린 뾰족하고 빛바랜 (한때는 붉은색이었던) 기와지붕, 자갈로 포장된 좁은 도로, 거무스름해진 고딕 양식의 두 교회, 물살이 센 작은 강가의 물레방앗간, 톱니로 장식된 고풍스러운 시계탑이 있는 넓은 시청 광장이 유랑 서커스단을 맞이하고 환영해 주었다. 바로 이곳 광장에서 곡예사들은 빠른 속도로 흩어지는 안개 속에서 도시가 게으르게 꿈의 끝자락을 바라보고 있는 동안 누덕누덕 기운 낡은 서커스 천막을 펼치고 있었다.

이날은 자신의 생일이었지만 페쟈는 다른 사람들과 함께 일했다. 아침 바람이 세차게 불어와 소년의 머리에서 보라색 신상 가발이 펄럭거렸다. 이날 아침, 내키지 않지만 어쩔 수 없이 침대에서 일어났을 때, 페쟈는 머리맡의 스툴에서 가발을 발견했다. 벌써 여덟 번째 가발이었다. 최근에 부모님은 그의 선물을 고르는 데 별로 신경을 쓰지 않았다.

하지만 오늘밤 공연이 끝나면 배우들은 페쟈를 축하해주고,

그들이 귀여워하는 소년을 위해 뭔가 색다른 선물을 반드시 생각해 낼 것이다. 서커스단원들 모두 선량하고 다른 사람의 부탁을 거절하지 않는 성품을 가진 이 광대 소년을 사랑했다. 한편으로 그들은 소년을 매우 안타깝게 여겼다. 라피넬리 가문의 후계자인 그는 서커스단의 소유주인 그의 부모로부터 다른 이들보다 더 가혹하게 꾸지람을 들어야 했기 때문이었다. 비록, 솔직히 말하자면, 꾸지람은 모두가 듣고 있었지만.

지금도 턱수염이 난 거대한 뚱보 부부는 긴 안락의자에 앉아 서커스 천막의 골조 위로 방수포를 팽팽하게 잡아당기다 힘이 빠져가는 배우들을 향해 게으르게 소리치고 있었다. 그렇다. 여러분은 잘못 듣지 않았다. 턱수염 난 부부! 페쟈의 엄마는 세계적으로 유명한 턱수염 난 여성 광대 빔이었다. 게다가 빔은 무대에서 좋아하는 바그너 오페라 아리아 한 곡을 휘파람으로 불면서 20킬로그램에 가까운 바벨로 가볍게 저글링을 할 수 있을 정도로 힘 센 여성이었다. 그녀는 몸통에서 꼬리까지 총천연색 문신으로 뒤덮인 코끼리 맘무트를 맨손으로 들어 올릴 수 있을 정도로 힘이 셌다. 소문에 따르면, 이 코끼리에게는 다소 어두운 과거가 있었다. 소문의 요지는 페쟈의 아버지이자 서커스단의 주인인 광대 봄 라피넬리가 대담한 강도 사건을 여러 번 일으켜 복역하고 있던 맘무트를 자이푸르의 코끼리 교도소로부터 사들였다는 이야기였다. 맘무트가 어려서 아직 아무것도 모를 때 뭄바이에서 온 악당들과 엮였는데, 한 번도 안 자른 긴 머리카락을 터번 속에 숨기고 있는 이 시크교도 강도 놈들이 부러진 상아를 가진 그의 강한 머리를 타격기로 이용해 인도 은행의 나무 벽을 산산조각 내었던 것이다.

아마도 맘무트는 세계에서 유일한 악당 코끼리(감옥에 갔던 과거가 있는)일 것이다. 하지만 이런 맘무트 조차도 그의 부모님보다 페쟈에게 더 잘해 주었다. 정말 끔찍하게 부당한 일이었다. 페쟈는 그럼에도 불구하고 부모님을 사랑했다. 다른 아들이 었다면 오래전에 이런 괴물들로부터 도망쳤을 것이다. 그렇지만 페쟈는 계속해서 '넘어지는 소년'으로 일했다.

그렇다, 여러분이 들은 그대로이다. '넘어지는 소년'. 그는 우스꽝스럽게 넘어지는데 특별한 재능이 있었다.

왜 사람들은 누가 갑자기 넘어져서 무릎을 꿇거나, '아이쿠'하고 소리치며 엉덩방아를 찧으면 웃음을 터뜨리는 것일까? 우스운 것이 아니라 아프고 불쾌한 일인데. 게다가 그 웃음이 나를 향할 땐 두 배로 아프고 불쾌한 법이다. 페쟈는 이 질문으로 인해 평생 동안 괴로워했다. 정확히는 처음 그가 넘어진 순간부터 말이다. 그의 부모님의 말에 따르면 이 의미심장한 사건은 다음과 같이 일어났다. 존경할만한 빔과 봄이 하루는 페쟈를 아기 침대에서 일으켜 세웠다. 페쟈는 아직 걸을 줄 몰랐을 뿐 아니라 제대로 서지도 못했다. 그래서 그는 서 있다가 마치 나무토막처럼 앞으로 넘어져 바닥에 코를 세게 부딪혔다. 페쟈는 울음을 터뜨렸지만 부모는 즐겁게 웃기 시작했다. 너무 재미있었던 나머지 그들은 서 있지 못하고 아들 곁에 쓰러졌다. 그들은 깔깔 웃으며 배를 잡고 뒹굴었다. 페쟈 부모님의 배는 항상 거대했다. 불룩 튀어나온 배!

"틀림없는 광대로군!" 웃으며 아버지가 외쳤다.

"아이가 너무 재미있어! 당신을 쏙 빼닮았어." 엄마가 맞장구 쳤다.

"나보다 더 재미있지." 봄이 기뻐서 눈물을 흘리며 말했다. "코 좀 봐! 소품을 절약하자고! 이놈은 세계 최고의 광대가 될 거야. 넘어지는 소년!"

웃느라 부모님의 눈에서 어릿광대의 눈물 분수처럼 눈물이 솟구쳤다. 페쟈도 울었다. 다만 그는 아프고 화가 나서였다. 페쟈의 코는 부딪혀서 부어오르고 빨갛게 되었으며, 그렇게 평생 동안 둥글고 빨간 토마토가 되었다. 그리고 시간이 지남에 따라 우스꽝스럽게 넘어지는 것이 그의 직업이 되었다.

"세상에 우리 페데리코만큼 재미있게 넘어질 줄 아는 사람은 없어요. 그 애는 서커스를 위해 태어났답니다." 그의 부모는 자랑스럽게 말했고, 사랑하는 아들을 위해 점점 더 새롭고 정교하게 넘어지는 방법을 고안해 냈다.

페쟈를 넘어뜨리고, 밀고, 놀라게 하고, 가는 길에 깔린 카펫을 잡아당기고, 함정 구덩이를 파놓고, 길 위에 개와 고양이들을 앉혀놓거나, 그의 앞에 다른 것으로 위장한 로프를 놓아두었다가 잡아당기기도 했다. 그리고 페쟈는 넘어지고 넘어지고 또 넘어졌다. 그는 아파서 비명을 지르고, 욕하고, 화를 냈다. 그러나 부모님은 페쟈가 서커스 장에서 넘어질 때마다 진심으로 즐거워하며 웃어대는 관중들을 생각하며 양보하지 않았다. 그나

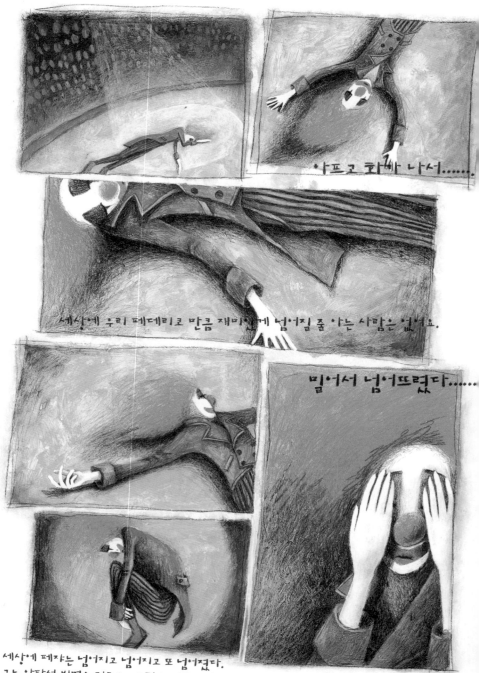

아프고 화가 나서……

세상에 우리 페데리코 만큼 재미있게 넘어질 줄 아는 사람은 없어요.

밀어서 넘어뜨렸다……

세상에 페쟈는 넘어지고 넘어지고 또 넘어졌다.
그는 아파서 비명을 지르고, 욕하고, 화를 냈다. 그러나 부모님은 페쟈가 서커스 장에서 넘어질 때
마다 진심으로 즐거워하며 웃어대는 관중들이 고마웠기 때문에 양보하지 않았다.

마 서커스장 바닥이 항상 톱밥으로 덮여 있어서 다행히도 길이나 거리에서 넘어질 때만큼 아프지 않았다. 그랬다. 훌륭한 부모님은 페쟈를 가만 두지 않고 모든 기회를 이용해 세상에서 가장 재미있게 넘어지는 법을 훈련시켰다. 특별한 소년의 부모가된다는 건 어려운 일이었다. 잠시도 쉬지 않고 훈련을 거듭했다. 감정에 빠져 느슨해지면 안 된다. 항상 긴장 상태를 유지해야한다. 털썩, 쿠당탕, 쿵!

페쟈는 부모님의 배려 없이도, 아마도 습관 때문에 늘 가장 적절하지 않은 장소에서 넘어지곤 했고, 종종 팔다리가 부러졌다. 하지만 이상하게도 이런 때가 페쟈의 인생에서 가장 행복한 나날이었다. 깁스를 하고 있는 동안에는 서커스 출연을 강요하지 않았기 때문에 소년은 몸이 아픈 기간을 서커스단의 동물들과 함께 보낼 수 있었다. 동물들은 그를 조롱하지 않았고, 농담하거나 비웃지 않았으며, 사람들보다 훨씬 친절했다. 긴꼬리원숭이, 조랑말, 돼지, 호랑이, 심지어는 악당 코끼리 맘무트까지도. 페쟈는 동물들을 사랑했고, 동물들은 이에 같은 마음으로 답했다. 소년 광대는 조련사 볼코프 형제와 달리 동물을 학대하지 않았고, 서커스에서 굴욕적인 묘기를 강요하지 않았으며, 그들을 때리거나 괴롭히지 않았다. 사실 그는 동물들과 마찬가지로 서커스에 예속되어 있었다. 시뇨르 라피넬리의 유랑 서커스단 '사악한 괴물 서커스'에 속한 불행한 어린 광대. 서커스는 15년 전부터 페쟈의 집이 되었고, 집에는 바퀴가 달려 있었다. 트레일러 세 대, 트럭 한 대, 승합차 세 대(배우들이 두 대, 동물들이 한 대), 이것

나는 그저 유랑 서커스의 기인일 뿐일 텐데, 그리고 나 같은 아이에게 어울리는 곳은 여기, 빔과 봄이 전 세계에서 수집한 흉물들 사이일 거야.

이 소년이 우스꽝스럽게 넘어져 관객을 즐겁게 하며 함께 세상의 절반을 유랑한, 서커스 천막 왕자의 왕국 전부였다.

페쟈는 자신의 일을 싫어했지만 묵묵히 잘 수행했다. 사실 서커스 생활에는 좋은 점도 있었다. 페쟈에게는 자기만의 자동차가 있었다. 게다가 소년은 늘 여행을 다니다 보니 많은 언어를 접할 수 있었고, 여러분이 꿈에서도 본 적 없는 놀라운 것들을 수도 없이 목격했다. 그리고 페쟈에게는 배우로 일하는 친구들이 있었다. 난쟁이들, 백설 공주, 벌레 인간 피냐. 친구란 좋은 것이다!

'그래, 게다가 이를테면, 내가 여기서 도망친다고 하자. 정상적인 세상에서 누가 나를 필요로 하겠어? 공연에서 나를 보며 웃는 이 사람들? 그럴 리 없겠지. 그 사람들에게 나는 그저 유랑 서커스의 기인일 뿐일 텐데, 그리고 나 같은 아이에게 어울리는 곳은 여기, 빔과 봄이 전 세계에서 수집한 흉물들 사이일 거야. 어쩌면 나도 그들이 어디선가 주워 와서 단지 급료를 안 주려고 아들이라며 거짓말하는 것인지도 몰라. 부모라면 자기 아들을 이렇게 대할 수는 없어. 정말로 그럴 수 있을까? 예를 들어 이 멍청한 가발을 좀 봐. 부모님은 특별히 생일 때마다 내가 보기 흉한 대머리이고, 그들 외에는 아무에게도 필요 없는 녀석이라는 걸 상기시키잖아.'라고 페쟈는 종종 생각했다.

가여운 소년! 계속된 스트레스로 인해 페쟈는 일곱 살 때 완전히 대머리가 되었다. 어느 끔찍한 아침, 소년은 머리카락이 하나도 없는 채로 잠에서 깨어났다. 머리카락은 전부 베개 위에

남아 있었다. 눈썹과 속눈썹도.

"털 없는 꼬마! 아주 좋은데." 봄은 기뻐하며 말했다. "이제 머리는 안 깎아도 되니 가발 쓰기에 더 편하겠군. 눈썹은 문신을 하면 돼."

"아니야, 눈썹은 공연하기 전에 내가 그려줄게. 웃는 입과 함께." 이렇게 말하고 빔은 통통한 손가락으로 오목한 페쟈의 배를 간지럽혔다. "더 재미있네, 아들! 웃어 봐. 너는 더 우스꽝스러워졌어."

하지만 그때 페쟈는 웃지 않았다. 무슨 이유에서인지 소년은 평소에 전혀 웃는 법이 없었다.

'대체 부모라는 사람들이 뭐 이렇지?' 페쟈는 비참한 마음으로 자신의 이야기를 다시 한번 머릿속에서 재생해보았다. '만물박사 피냐가 이야기해줬던 유전자 검사를 해봐도 좋을 텐데. 하지만 어디서 어떻게 할 수 있겠어. 부모님이 늘 나를 감시하고 있는데. 휴!'

불행한 운명을 저주하며, 늘 그렇듯 마음속 깊이 자신을 안타까워하고 있던 페쟈는 우연히 커다란 광대 부츠가 굵은 밧줄에 걸리는 바람에 천막의 두꺼운 방수포 벽에 빨간 코를 박았다. 그러자 즉시 엄마 아빠의 우레와 같은 웃음소리가 울렸다.

"브라보, 페데리코!" 허리까지 오는 검은 수염에 휘어진 장검 같은 콧수염을 가진 뚱보로 분장을 하지 않았다면 미친 털북숭이 푸줏간 주인 같은 아빠 봄이 외쳤다.

"아들, 이리 오렴! 네가 없는 게 도와주는 걸 거야. 차라리 벌레 인간이 너보다 더 도움이 될 걸!" 건장한 엄마 빔이 페쟈에게 외쳤다.

그녀는 항상 아들을 힘나게 할 '정확한' 단어를 찾아내곤 했

다. 좋은 일이 있을 거라는 헛된 기대 없이 페쟈는 순종적으로 부모님께 터벅터벅 걸어갔다.

"페데리코, 아들아. 기뻐할 일이 있구나! 우리 후원자인 뤼네부르크 시장인 블룸 씨가 방금 전화를 했어. 너에겐 오늘 생일을 기념해서 두 번의 공연이 있을 거란다. 정오에는 시청 중앙홀에서 블룸 씨의 딸 릴리를 위한 생일 파티가 있다. 믿기지 않겠지만 그 애도 오늘 열세 살이 되었다는구나." 빔은 아들을 의미심장하게 바라보았다.

"저는 열다섯 살이에요. 열-다-섯! 작년에 열네 살이었고요. 엄마는 계속해서 열세 살 생일로 축하하고 있지만요."

봄은 낮은 목소리로 웃어댔다. 빔은 조금도 당황하지 않고 페쟈에게 대답했다.

"차이가 뭘까? 나는 그냥 이 숫자가 좋아. 이렇게 생각할 수도 있지. 아가, 네가 너무 빨리 나이 들면 우리가 너를 덜 사랑하게 될지도 모른다고. 너는 항상 내 기분을 망쳐버리는구나, 페데리코. 엄마 기분을 맞춰줄 수도 있잖아. 아무튼 블룸 노인이 우리에게 손님들을 즐겁게 해달라고 부탁했고, 우리는 네가 누구보다도 그 일을 잘 해낼 수 있을 거라고 생각했단다. 단 살살 넘어지렴, 본 공연은 저녁에 있다는 걸 잊지 마. 몸 상태가 좋아야해. 뼈가 부러지면 절대 안 된다!"

"가서 잠깐 눈 좀 붙여라." 자상한 아버지가 덧붙였다. "내가 깨워줄 테니. 이봐, 하룬 알 라시드*. 이 덜떨어진 인도 마술사

* 하룬 알 라시드는 천일야화에 등장하는 아바스 왕조의 제5대 칼리파의 이름이다.

녀석, 어딜 보고 있는 거야? 어서 밧줄을 당기고 매듭을 다시 묶어! 이 서투른 배우 놈들이 성질 돋우는군!"

'그렇게 서투르지 않은데…….' 페쟈는 자기 자동차로 가면서 마술사에 대해 생각했다. '특히 벌레 인간에 비하면.'

페쟈는 가발과 광대 옷을 벗고 침대로 뛰어들었다. 점프! 그는 자는 것을 좋아했다. 거기, 꿈속에서 그는 넘어지는 일이 없었고 아무도 그를 비웃지 않았다. 꿈속에서 페쟈는 어떻게 웃는지 알

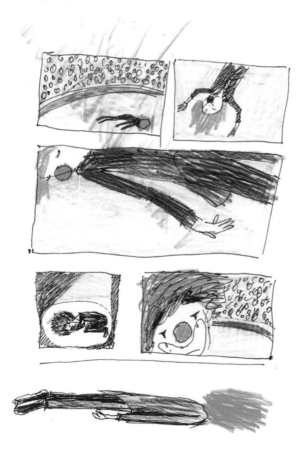

았으며 오로지 기뻐서 그리고 악의 없는 유쾌한 농담에 대한 응답으로 웃었다. 이를테면 나이든 공중그네 곡예사인 백설 공주가 하곤 하는 그러한 농담에 대한 응답으로.

그는 꿈속에서는 넘어지는 일이 없었고

아무도 그를 비웃지 않았다.

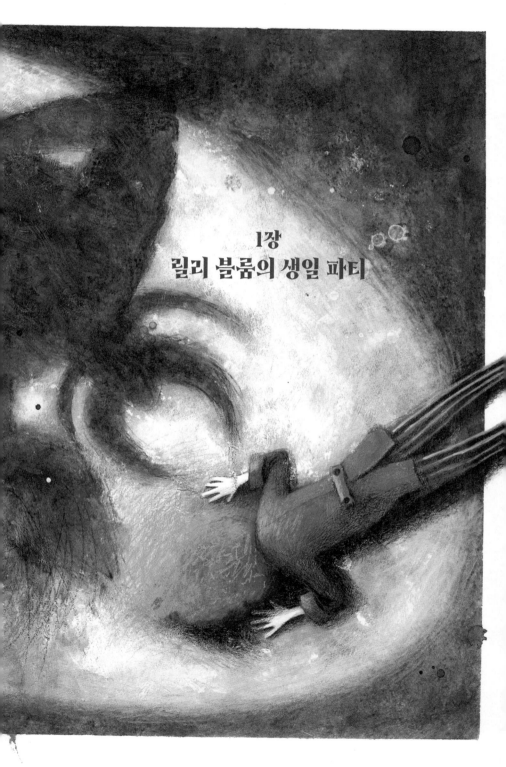

1장
릴리 블룸의 생일 파티

종소리가 울리는 정오. 7월의 태양이 시 중앙 광장의 갈라진 회색 자갈들을 이미 충분히 달구었을 때, 페쟈는 납빛 잎맥이 있는 청록색의 스테인드글라스가 어슴푸레 빛나는 시청 홀의 높은 문 안으로 들어갔다. 소리가 잘 울리는 홀의 공간은 시립 오케스트라의 금관악기 소리로 가득 차 있었다. 이브닝드레스를 화려하게 차려입은 어른들은 이른 시간임에도 불구하고 모자이크 세공된 바닥 위에서 유쾌하게 춤추고 있었고, 우울한 아이들은 차려진 식탁 앞에 앉아 모두들 휴대폰에 코를 박고 있었다. '흔히 볼 수 있는 장면이야.'라고 페쟈는 생각했다. 그는 오래전부터 이런 낮 공연에 익숙해져 있었다. 부모님들은 다 큰 자녀들을 위해 광대를 부르고, 자녀들은 공연 내내 인터넷을 하며 이를 꿋꿋이 견딘다. '안 되겠다. 이제 내가 저 애들을 저 상태에서 나오게 해줘야겠다!' 페쟈는 결심했다. 다른 어른들과 함께 폴카와 마주르카에 맞춰 비틀거리며 춤을 추던 부모님에게 손을 흔든 후, 페쟈는 어깨에서 외발자전거를 내려 능숙하게 올라 탄 후, 여러 색상의 공 열 개를 저글링하며 춤추는 사람들을 향해 곧장 달려갔다. "드디어!" 나이 많은 펭귄을 닮은, 모든 점에서 블룸 씨로 판단되는 연미복을 입은 백발의 신사가 기뻐했다 "릴리야, 보렴. 정말 멋진 광대구나!"

생일을 맞이한 소녀를 포함하여 시청 청사 모양의 큰 케이크가 놓인 식탁에 앉아있던 아이들은 마지못해 휴대폰

에서 시선을 들어 슬픈 눈빛을 하고 한쪽 귀에서 다른 쪽 귀까지 피처럼 빨간색의 미소가 그려진 광대를 불만스럽게 바라보았다. 아이들의 관심은 오래가지 않았다. 정확히 1초 후, 그들의 눈은 다시 휴대폰을 보고 있었다. 어린이 테이블에서 생일을 맞은 소녀로부터 가장 먼 구석에 있던 한 소녀만이 휴대폰을 보지 않았다. 소녀는 남국의 밤처럼 까만 아름다운 오른쪽 눈으로 페쟈를 바라보았다. 왼쪽 눈은 검은색의 해적 눈가리개로 가리고 있었다. 어린 광대를 돕기 위해 오케스트라가 경쾌한 서커스 행진곡을 연주하기 시작했다. 어른들은 호기심 어린 눈으로 광대와 사춘기 청소년들의 대결을 지켜보았다. 그들은 SNS의 끈끈한 속박으로부터 자녀를 빼내려는 시도를 이미 오래전에 포기한 상태였다.

페쟈는 외발자전거를 타고 회오리바람처럼 아이들의 테이블 옆을 지나갔다. 그러자 이제 그의 손에는 공이 아니라 아이들의 손에서 잡아챈 알록달록한 케이스에 든 휴대폰이 들려 있었다. 아이들은 어리둥절해 하며 손에 들린 저글링 공을 잠시 바라보다가, 동시에 자리에서 벌떡 일어나 고함을 지르며 페쟈의 뒤를 쫓아 달려갔다. 그러나 그는 거기에 없었다. 불 같이 빨간 머리카락을 가진 광대는 탁자 사이를 이리저리 빠져나가며 추격으로부터 능숙하게 도망쳤고, 전자 기기의 차갑고 푸른 불빛으로 빛나는 휴대폰들로 계속해서 저글링을 하며 그를 향해 날아오는 공들을 가볍게 피하였다. 어른들은 입을 벌리고 휘둥그레진 눈으로 공연을 흥미롭게 바라보았다. 모두가, 심지어 페쟈의 즉

홍 공연이 전혀 마음에 들지 않았던 빔과 봄조차도 그랬다.

"자, 시작!" 봄은 마침내 아들이 마음을 바꾸어 홀에 모인 모든 사람들이 즐거워하도록 넘어지기를 바라며 저음으로 외쳤다.

하지만 페쟈는 홀을 돌며 복잡한 기하학적 무늬를 계속해서 그려나갔고, 아이들은 고함을 지르며 그를 뒤쫓아 갔다. 오케스트라는 분위기를 바꾸어 지금은 고인이 된 영국 코미디언 베니 힐의 바보스러운 쇼에 나왔던 음악을 연주했다. 그 쇼에서 사람들은 경쾌한 음악에 맞춰 무릎을 높이 올리며 서로의 뒤를 따라 끝없이 달려갔다. 한 손으로 휴대폰을 저글링하며 페쟈는 보라색 연미복의 품속에서 검은 베레모를 꺼내 무릎에 대고 쳤다. 그러자 광대의 손에는 높은 실크해트가 나타났고, 그는 즉시 실크해트를 머리에 썼다.

"브라보!" 아이들 중에서 유일하게 자리에 앉아있던 해적 눈가리개를 한 소녀가 페쟈를 격려했다.

"시작해, 시작해. 벌써 넘어졌어야지!" 위태로운 상황을 바로잡기 위해 봄은 소리쳤다.

그러자 이번에는 제대로 되었다. 페쟈는 눈에 보이지 않는 장애물에 맞닥뜨린 것처럼 급제동을 건 후, 외발자전거에서 바닥으로 굴러 떨어져 머리에서 날아간 실크해트로 모든 전화기를 받은 후, 바로 그 위에 엉덩이로 착지하는 것까지 멋지게 해냈다. 폭발음이 울렸다! 실크해트는 다시 검은 베레모로 변했고, 페쟈를 따라잡은 아이들은 색종이 조각의 구름에 휩싸였다. 오케스트라는 당황하며 침묵했다.

"휴대폰 당장 내 놔. 이 나쁜 광대야!" 생일을 맞은 소녀가 히스테리로 숨이 멎을 것처럼 페쟈를 향해 소리쳤다.

광대는 사과라도 하듯 슬프게 손을 벌리더니 손바닥에 남아 있던 색종이 조각을 불어 날렸다.

"으아아!" 넘어진 광대의 주변으로 빙 둘러 서 있던 불행한 아이들이 공포에 질려 울부짖기 시작했다. 여기에 멀리서 쇼의 진행을 지켜보던 당황한 부모들이 합세했다. 그들은 물질적 손실은 기대하지 않았다. 이제 페쟈는 그들이 자신을 때릴 수도 있다는 걸 알았다. 그리고 그는 이런 상황을 아주 싫어했다.

"휴대폰이라고? 무슨 휴대폰을 이야기하는 거야? 너희들 손에 있는 휴대폰은 뭐지?" 그는 의기소침한 목소리로 말했다.

그러자 정말로 아이들은 방금 머리 위로 올려 흔들었던, 분노로 꽉 쥔 주먹 속에 휴대폰이 있다는 걸 알아차렸다. 시청 홀에는 평화로운 분위기가 번져갔다. 부모들은 페쟈에게 만족스럽게 박수를 보냈다. 아이들은 순식간에 진정됐고 심지어는 광대의 포로에서 돌아온 휴대폰으로 평화롭게 광대를 촬영하기 시작했다.

"됐지! 나 갈게."라고 말하고는, 페쟈는 갑자기 평지에서 발을 헛디디더니 아프도록 코를 찧으며 정면으로 넘어졌다.

"아이쿠!"

"하하하!" 만족한 아이들이 일제히 웃음을 터뜨렸다.

이제 그들을 화나게 했던 자는 불쌍하고 우습게 보였다. 이상적인 광대가 공연에서 하는 바로 그 방식으로. 페쟈는 신음하며 일어나 다른 방향으로 몇 걸음 떼더니, 미끄러져서 다시 돌바닥 위에 벌렁 넘어졌다. 흰색 물감으로 진하게 외곽선을 두른 눈에서 눈물이 분수처럼 솟아 나왔다. 아이들은 계속 웃으며 사진을 찍었다. 마침내 진짜 쇼가 시작된 것이다. 소리가 잘 울리는 시청의 원형 천정으로 눈가리개를 한 소녀의 실망에 찬 한숨이 크게 날아올라 메아리로 울려 퍼졌다. 소녀는 일어나 웃는 아이들을 향해 천천히 움직였다. 그녀는 검은 벨벳 드레스를 입고 있었는데, 아래에 검은색과 남색이 섞인 스타킹을 신고, 그 위에 빨간 운동화를 신고 있었다.

"우리 넘어지는 소년은 진짜 프로예요." 턱수염 난 페쟈의 엄마는 블룸 씨의 귀를 향해 몸을 구부렸다. "보셨죠. 우리 아들이 얼마나 재치 있게 아이들의 관심을 끌었는지? 이제 그 애가 아이들이 허리가 끊어져라 웃도록 재미있는 묘기를 할 거예요."

그렇게 되었을 수도 있었다. 그러나 검은 옷을 입은 이상한 소녀가 어린아이들의 허리가 끊어지지 않도록 해 주었다. 소녀는 아이들 사이로 길을 내며 페쟈

어른들은 검은 원피스를 입은 소녀가 광대를 팔로 부축한 채 홀에서 나가는 것을 놀란 눈으로 바라보고 있었다. 먼저 밝은 햇살 한 줄기가 홀에 비친 후, 스테인드글라스로 장식한 높은 문이 소녀와 광대의 뒤에서 닫혔을 때에야 빔은 당황하며 시장에게 물었다.

에게 다가가서 또 한 번 차가운 바닥에 쓰러진 그에게 검은 망사 장갑을 낀 손을 내밀었다.

"나쟈." 소녀는 자신을 소개했다.

"페데리코." 광대는 손을 내밀며 놀란 목소리로 말했다. "그런데 엄마 아빠를 제외하고 모두들 나를 페쟈라고 불러."

"일어나는 거 도와줄게. 밖으로 나가자. 넌 신선한 공기를 좀 마셔야 해."

"이봐, 무슨 일이야? 그 사람 내버려 둬. 그 사람은 우리 광대야!" 생일 맞은 소녀는 분개해서 심지어 페쟈를 향해 한 걸음 내디뎠다. 하지만 나쟈는 그녀에게도 그리고 실망한 듯 웅성거리는 다른 아이들에게도 주의를 기울이지 않고, 그들이 만든 빽빽한 원 밖으로 아무것도 이해하지 못한 페쟈를 데리고 나왔다. 이런 일은 난생처음이었다. 지금까지 그 어떤 관객의 머릿속에도 서커스 장에 쓰러진 광대를 돕기 위해 뛰어든다는 생각은 떠오르지 않았던 것이다. 페쟈는 지금 이상한 소녀가 자신의 공연을 중단시키고 있다는 걸 알았지만, 훈련된 당나귀처럼 순순히 소녀를 따라 시청 출구로 갔다.

"대체 누가 여기로 저 애를 부른 거야?"

"이 청과물 장수 손녀는 항상 모든 걸 망쳐놓는다니까."

"또라이!"

"외눈박이 마녀!" 아이들의 불만에 찬 목소리가 바스락거리는 소리를 내기 시작했다.

어른들은 검은 원피스를 입은 소녀가 광대를 팔로 부축한 채

홀에서 나가는 것을 놀란 눈으로 바라보고 있었다. 먼저 밝은 햇살 한 줄기가 홀에 비친 후, 스테인드글라스로 장식한 높은 문이 소녀와 광대의 뒤에서 닫혔을 때에야 빔은 당황하며 시장에게 물었다.

"블룸 씨, 이게 무슨 일이죠?"

"저 애는 나쟈입니다. 제정신이 아닌 아이예요. 고인이 된 목사님의 딸이죠. 저 아이의 아버지에 대한 존경심과 동정심 때문에 아이를 초대했는데……. 결과가 이렇게 됐군요. 하지만 여하튼 감사드립니다! 댁의 페데리코는 훌륭했어요."

1분 후 홀의 모든 사람들은 페데리코와 나쟈에 대해서 잊어버렸다. 오케스트라는 다시금 신나는 폴카를 연주했다. 어른들은 춤을 추었고, 아이들은 넘어지는 광대에 대한 동영상을 올려서 인스타그램에서 '좋아요'를 받기 위해 휴대폰을 가지고 식탁으로 돌아갔다.

2장
소금 도시 산책

"너는 정말 잘생겼어. 특히 코가."라고 나쟈가 말했다.

"정말?" 페쟈는 진심으로 놀라 얼굴을 장식하고 있는 울퉁불퉁한 빨간 토마토를 무의식적으로 움켜잡았다. 모든 것은 제자리에 있었다. "하지만 내 코는 못생겼는데!"

"말도 안 돼." 나쟈는 딱 잘라 말했다. "그런 이야긴 듣고 싶지 않아. 너는 잘생겼어, 페쟈. 내가 항상 상상해왔던 바로 그대로야. 넌 괴물 서커스에서 온 나의 어린 왕자야."

페쟈는 뭐라고 답을 해야 할지 알 수 없었다. 처음에 그는 소녀가 자기를 놀리는 거라고 생각했지만 소녀의 눈에는 조롱의 그림자조차 없었다. 나쟈는 정말로 이상한 소녀였지만 그는 소녀와 함께 텅 빈 한낮의 도시를 걷는 것이 좋았다. 소녀는 그를 조롱하지 않았다. 나쟈*. 광대는 그녀의 이름이 러시아어로 무엇을 의미하는지 알았을까? 아닐 것이다. 어쩌면 이것은 아픔과 조롱이 없는 다른 삶에 대한 그의 소망이었을까? 어쨌든 그녀를 만난 것은 그의 평생에 최고의 생일 선물이 되었다.

뤼네부르크 주민들은 더위로 인해 그늘진 정원과 집 안의 시원한 곳을 찾아 흩어져 있었다. 그래서 작은 도시 전체를 가로지르는 중심 거리를 따라 걸어가는 페쟈와 나쟈를 방해하는 사람은 아무도 없었다. 이 길은 시청으로부터 시의 공동묘지가 숨어 있는, 나무가 우거진 오래된 공원이 자리한 언덕까지 이어져 있었다.

특별하게 보이는 한 쌍의 소년과 소녀는 시청을 나서자마자

---

* 러시아 이름 나데즈다(Надежда)의 애칭으로 나데즈다는 러시아어로 '희망, 소망'을 의미한다.

나쟈가 어깨에서 내려서 펼친 커다란 검은 우산을 쓰고 뜨거운 태양 아래를 걸었다.

'그래서 얘가 이렇게 피부가 창백하구나.'하고 페쟈는 생각했다.

사선으로 눈가리개를 한 나쟈의 우유처럼 하얀 얼굴은 어린 광대의 얼굴을 덮은 하얀 분장과 무척 잘 어울렸다. 전체적으로 그들은 서로 조화가 잘 되었다. 불타는 듯 빨간 페쟈의 가발은 나쟈의 반은 파랗고 반은 까만 헤어스타일과 완벽한 하모니를 이루었다. 그리고 소녀의 여러 가지 색상으로 된 스타킹과 빨간 운동화는 페쟈의 보라색 승마 바지와 걸을 때마다 힘겹게 땅에서 떼어 놓는 커다란 빨간 부츠 옆에서 더욱 멋져 보였다. 옆에서 보면 그들은 어떤 미친 화가의 판타지에 의해 서로를 위해 창조된 것 같았다.

그들은 낡고 빛바랜 간판들을 유유히 지나치며 거닐었다. 나쟈는 새로운 친구에게 도시를 안내해 주었다. 아주 독특한 안내였다.

"난 이 촌구석이 싫어! 항상 여기서 도망치는 것을 꿈꾸었어." 이렇게 나쟈는 페쟈에게 자기 고향을 소개했다. "옛날에 여기에 소금 산이 있었어. 그래서 이 도시 이름도 뤼네부르크, 소금의 도시라고 불렸어. 소금이 아주 비쌌던 중세에는 소금을 산에서 몽땅 캐내고 심지어 주거 지역에서도 긁어냈어. 이것

이 뤼네부르크의 짧은 번영기야. 그러자 집들이 주인과 함께 차례로 땅속으로 가라앉기 시작했고 소금 생산은 중단되었어. 욕심이 이런 결과를 가져온 거지. 이제는 아무도 소금을 필요로 하지 않아. 하지만 이곳의 땅은 아직도 짜. 심지어 자갈들까지도. 안 믿긴다면 다음에 넘어졌을 때 한번 핥아 봐. 마치 누군가 이곳을 눈물로 가득 채운 것 같아. 우리 도시는 언제든지 자취를 감출 수 있어. 텅 빈 공간 위에 서 있으니까. 그래서 여기에는 버려진 집이 아주 많아. 떠날 수 있는 사람들은 모두 떠났어. 나도 떠나고 싶은데 갈 곳이 없어. 그리고 우리 할머니가 불쌍해. 할머니는 청과물상을 하시는데 가게 상황은 점점 더 나빠져 가고 있어. 우리는 더 이상 슈퍼마켓과 경쟁할 수 없어. 생활비도 충분하지 않을 정도야."

"그런데 너의 엄마, 아빠는 어디 계셔?" 페쟈가 물었다.

"교통사고로 돌아가셨어."

"아, 미안해." 광대는 당황했다. "하긴 나도 종종 우리 부모님에게 비슷한 일이 일어나는 걸 상상하곤 해."

나쟈는 멈춰서 화난 표정으로 페쟈를 향해 한쪽 눈을 번쩍였다.

"뭐야, 너 제정신이니? 그런 말 하는 거 아니야. 우리의 모든 생각은 물질처럼 객관적으로 작용해. 그리고 소망은 종종 이루어지기도 해."

"나쟈! 네가 우리 부모님을 몰라서 그래. 두 사람은 나를 평생 괴롭혀왔어. 아빠는 진짜 식인귀야. 아빠의 말을 거역해서는

안 돼. 그리고 그가 농담할 때는 누구
든 웃는 게 좋아. 하지만 아무도 그
를 놀릴 수는 없어. 지난주에 그의
수염에 대해서 악의 없는 농담
을 했다는 이유로 마술사의
여자 조수를 잡아먹었어. 공
식적으로는 그녀가 오토바
이를 탄 호객꾼과 함께 서
커스에서 도망쳤다고
하지만 피냐는 아빠가
먹어버렸다고 했어. 그런데
나는 피냐의 말을 믿거든. 작
년엔 엄마가 늙은 암호랑이
가 맘에 들지 않는 눈빛으로 자
기를 쳐다봤다고 갈가리 찢어서
바닥 깔개로 만들어 버렸어. 물론
나는 그분들을 사랑하지만 그분들
이 없는 것이 모두를 위
해서 더 나을 거야."

"그래도 그렇게 말하면 안 돼! 나도 부모님에 대해서 비판적이었어. 그분들을 잃기 전까지는. 그리고 그때에서야 그분들이 얼마나 훌륭했는지 깨닫게 됐어. 아빠는 목사님이셨고, 저 오래된 교회에서 일하셨어. 나는 저 교회 위에 앉아 있는 무섭게 생긴 키마이라*와 이무깃돌을 바라보는 것을 좋아해. 네가 보기에는 어때?"

페쟈는 전나무 잎사귀 모양의 날카로운 가시가 달린 탑들이 꼭대기에 장식되어 있고, 세월로 인해 검게 변색된 고딕 사원을 유심히 바라보았다.

"어쩐지 좀 음울하다."

"맞아. 좀 음울해. 바로 나처럼 말이야. 우리 왼쪽으로 아주 오래된 약국이 있어. '1478'. 보여? 이게 약국 개업 연도야. 내부는 마치 그때 이후로 아무것도 변하지 않은 것 같아.

* 그리스 신화에 등장하는 괴물. 사자의 머리와 목, 염소의 몸통, 뱀의 꼬리를 가졌다.

키 높은 도자기 항아리 속의 오래 된 약들, 관장기, 사혈 부항, 천장에 매달려 있는 오래 된 악어 박제, 약사도 600살쯤 된 것 같아. 나는 이 약국에서 가오리 가죽으로 만든 진짜 해적 눈가리개를 샀어."

"그런데 네 눈은, 어떻게 된 거야?"하고 묻고는 페쟈는 잠시 말을 멈추었다. 이런 질문을 하는 건 무척 실례되는 일이었다. 게다가 소녀에게는 더욱더. 하지만 나쟈는 화를 내지 않았고, 화가 났다고 해도 그런 기색을 보이지 않았다.

"어렸을 때 나는 정말 밥을 잘 안 먹었어. 한번은 할머니가 나에게 계란프라이를 먹이려고 하셨어. 아주 조금이라도. 나는 할머니께 그렇게 하지 말라고 하면서 포크로 내 눈을 찔렀어. 이제 내 눈은 유리로 되어 있어. 보고 싶니?"

'한쪽 눈을? 포크로? 으 끔찍해!' 이 장면을 속으로 생생하게 그려보고 페쟈는 상상으로 인해 몸이 떨렸지만 두려움을 억누르고 가능한 한 차분하게 보이도록 노력하며 말했다.

"유리라고? 멋진걸. 나는 유리로 된 건 다 좋아해. 크리스마스 날 트리에 걸어도 되겠다. 만져보게 해줄래?"

나쟈는 눈가리개를 풀었다. 그 밑에는 살아있는 정상적인 눈이 있었다. 단지 오른쪽의 검은 눈과 달리 밝은 파란색이었다. 하지만 똑같이 아름다웠다.

"바보 같은 농담을 해서 미안해. 난 오드 아이야. 나는 이렇게 태어났어."

"아, 오드 아이! 정말 아름답다." 페쟈는 진심으로 감탄했다.

"그런데 넌 왜 이 눈가리개를 하고 있니?"

"이 고장의 무지몽매한 사람들이 내가 비정상이라고 생각하기 때문이야. 그 사람들은 내가 마녀라고 생각하고 있어. 어리석은 속물들! 사람들은 갈색 머리 여자에게 파란 눈은 없는 법이라며, 내가 눈으로 마법을 걸어서 부모님에게 액운이 들었다고들 했어. 그 사람들은 내 눈이 불길하다며 두려워해. 그들이 어리석어서 그런 건데 말이야. 그러고는 나에게 눈가리개를 하도록 강요했어. 상상할 수 있니? 21세기에도 이런 무지몽매한 일이 일어나고 있다는 걸. 아버지는 아주 선한 분이셔서 그들을 위하여 기도하시고 나에게 모두를 용서하라고 가르치셨어. 하지만 얼마 후 부활절이 얼마 안 남았을 때 아버지는 어느 술 취한 주민이 운전하는 자동차에 받혀서 돌아가셨어. 나는 그를 절대로 용서할 수 없어! 나는 이 소금 도시가 싫어. 여기는 모든 게 잘못되어 있어. 내가 자라서 여기를 빠져나갈 때까지 어떻게 기다리지! 아, 여기서 나의 왕자 너와 함께 당장 떠날 수 있다면 나

는 정말 행복할 텐데."

폐쟈는 생각에 잠겼다. 빔의 강한 질투심 때문에 젊은 여자들은 서커스단에서 일할 수 없었다. 한편으로 생각해보면 나쟈는 성인이 아니라 아이이다. 어쩌면 엄마의 질투가 나쟈

에겐 미치지 않을지도 모른다.

"우리 마법사에게 지금 조수가 없다고 말했잖아. 너는 아주 예쁘니까 조수를 대신해서 일할 수 있을 거야. 사실 전의 조수 브시바난다는 여섯 개의 팔을 가졌었지만, 너도 잘 해낼 수 있

유리라고?

이제 내 눈은 유리로 되어 있어. 보고 싶니?

을 거라고 생각해. 해볼 수 있겠어?"

"무척 하고 싶어! 그래! 그래!" 나쟈는 기뻐하면서 망사 장갑을 낀 손으로 손뼉을 쳤다.

나쟈는 아주 열정적인 사람이었다. 페쟈는 이렇게 자유롭게 감정을 드러내는 사람을 이제까지 만나 본 적이 없었다. 그 자신은 감정을 깊숙한 곳에 숨기고 완전히 혼자가 되었을 때에야 표출하는 데에 익숙했다. 하지만 나쟈는 그와는 정반대였다. 아마도 그래서 그가 그렇게 나쟈에게 끌렸을 것이다.

"좋아."하고 광대가 말했다. "그럼 공연이 끝난 후 부모님께 말해 볼게. 그런데 할머니가 너를 보내주실까?"

나쟈는 힘차게 고개를 끄덕였다.

"당연히 보내주실 거야. 할머니는 나 때문에 몹시 힘들어 하셔. 우리는 간신히 생계를 이어가고 있어. 그런데 이제 내가 매달 서커스 월급의 일부를 보내드리면 할머니는 행복해하실 거야."

"그럼 오늘 공연에 와. 공연이 끝난 후에 내가 너를 모두에게 소개할게. 엄마, 아빠와 마술사가 너를 좋아하기를 바라. 그리고 또 네가 우리 서커스를 좋아했으면 좋겠어. 왜냐하면 아주 독특한 데가 있거든."

나쟈는 소년의 마지막 말을 흘려들은 채 기쁘게 고개를 끄덕였고, 그들은 느긋하게 산책을 계속했다.

3장
공연이 시작되다

서커스 천막 입구 위에 걸린 현수막에는 '시뇨르 라피넬리 서커스단, 사악한 괴물들의 공포 서커스'라고 적혀 있었으며, 이것은 조금도 거짓이 아니었다. 라피넬리 서커스는 정말로 사악하고 공포스러웠다. 보통 중요한 초대 손님들이 앉는 첫째 줄에 앉은 나쟈는 그 의미를 완전히 이해할 수 있었다. 가까운 곳에 시장 블룸 씨가 또다시 카이폰에 코를 처박고 있는 딸과 함께 앉아 있었다. 나쟈는 눈가리개로 한쪽 눈만 가리고 있다는 게 때로는 유감스러울 정도로 공연이 마음에 들지 않았다. 그러나 만원사례가 될 정도로 서커스를 가득 채운 나머지 관중들은 모든 것에 더할 나위 없이 만족한 것 같았다.

이날 저녁 천막에는 점잖은 성인 군중이 모였다. 뤼네부르크 주민 중 일부는 즐겁게 해주겠다는 부모님의 강압적인 시도에 아이들이 완강히 저항했음에도 불구하고 어린아이들을 서커스에 데려왔다. 십대들 중에는 나쟈와 아빠가 생일날 선물해준 신형 카이폰을 위해 '일하고 있는' 릴리만이 서커스에 왔다. 부모들은 십대 아이들을 서커스로 끌고 오지 못했다. 게다가 그들을 위한 빈자리도 없었다. 뤼네부르크 사람들은 라피넬리 서커스를 좋아했다. 하기야 그들에게는 선택의 여지가 없었다. 다른 공연팀들은 언제든 땅속으로 꺼져버릴 수 있는, 신에게 버림받은 이 소도시에 거의 오지 않았다. 그건 그렇다 치고, 우리는 공연으로 돌아가자.

공연장에서는 저녁 내내 턱수염 난 한 쌍, 빔과 봄이 관객을 즐겁게 하고 있었다. 그들의 농담은 진부하고 음탕했으나 다행

히도 아이들은 이해하지 못했고, 어른들은 단순히 웃는 것이 아니라 비정상적으로 흥분해서 딱딱한 의자로부터 뱀처럼 흘러내리며 오래도록 낄낄대며 웃었다. 광대들의 추잡하고 외설적인 농담은 각 배우의 등장을 예고하는 것이었다. 그리고 매 공연 직전에 페쟈가 무대로 뛰어 나갔다. 그는 아무 말도 하지 않았다. 무언극을 하는 비쩍 마른 광대는 빨간 주름치마를 차려입고 베레모를 쓴 거대한 검은 돼지를 타고 경기장을 돌거나 가는 밧줄 위에서 외바퀴 자전거를 타면서 고리로 저글링을 하기도 하고, 죽마를 타고 탭댄스를 추거나 넋 놓고 있다가 우연히 맹수 우리로 들어간 걸 알아챈 사람처럼 호랑이에게서 도망치기도 했다. 그러나 무엇을 하든 상관없이 페쟈의 등장은 항상 똑같이 끝났다. 희한하게 넘어지는 것으로. 넘어지는 소년으로서 그의 역할에 가장 중요한 것은 예기치 않은 순간에 효과적으로 넘어지는 능력이었다. 즉, 관중들은 그가 조만간 무대에 쿵하고 넘어질 것을 미리 알고 숨 막히게 이 순간을 기다렸다. 그러나 페쟈는 항상 관중들을 속여 넘기고 아무도 그럴 거라 기대하지 않았던 순간에 넘어져서 웃음과 우레와 같은 박수갈채를 받을 줄 알았다. 넘어지며 페쟈는 뒤통수를 찧었고 그의 눈에서는 쇠를 용접할 때 같은 노란 불꽃이 튀었다. 바닥에 토마토 같은 코를 찧

을 때면 토마토가 으깨져 새하얀 이빨을 훤하게 드러내고 낄낄
대고 웃는 관객들의 얼굴로 날아가 붙어버릴 것 같은 끔찍한 생
각이 들곤 하였다. 페쟈는 어떤 안전장치도 없이 천막의 반구
형 천장으로부터 아래로 전력을 다해 몸을 날리고는 다치지 않
은 채 관객들의 웃음과 야유 아래 '아이쿠'하고 소리친 뒤 절룩
거리며 무대 뒤로 들어가곤 했다. 오늘 페쟈는 가능한 한 재미
있게 넘어지려고 특별히 노력했다. 이것은 물론 이상한 소녀 나
쟈를 위해서였다. 나쟈에게 사람들을 웃기는 자신의 장난 아닌
능력을 보여주고 싶었다. 하지만 나쟈의 작은 심장은 매번 그
와 함께 날아올랐다가 떨어졌다. 그리고 그녀가 그의 고통을 느
낄 때마다 그녀의 심장은 산산조각이 났다. 소녀의 도시에서 사
람들이 그녀가 비정상이라고 여기는 것은 공연한 일이 아니었
다. 주위의 다른 모든 뤼네부르크 주민들은 즐겁게 웃고 있었다.
그들은 모든 게 마음에 들었다. 넘어지는 소년 페데리코, 무서
운 가면을 쓴 채 서로 턱수염을 잡고 공중그네를 타고 날아가는
일곱 난쟁이들과 살찐 몸매와 노년의 나이에도 불구하고 서커
스의 반원형 천장 아래에서 놀라운 유연성을 보여주는 그들의
리더 백설 공주. 또 지독한 향수 냄새를 풍기는 조련사 볼코프
의 두개의 대머리 중 하나를 물어뜯어 삼키기를 거부하는 여위
고 이빨 빠진 호랑이도 그렇다. 샴쌍둥이인 볼코프는 머리가 두
개인 남자로 태어났다. 이 두 개의 머리는 이 세상 전체뿐 아니
라 서로를 지독하게 혐오했다. 공연이 있을 때마다 볼코프의 한
쪽 머리는 자기파멸적인 희망을 품고 호랑이가 다른 쪽 머리를

먹어버리기를 소망했다. 그는 '머리 하나는 좋다. 두 개는 더 좋다.'는 속담을 못 견디게 싫어하는 사람이었다.

또한 관중들은 카우보이와 인디언으로 분장한 원숭이들이 화려한 담요를 덮은 조랑말을 타고 피스톤이 달린 장난감 권총으로 서로 쏘는 것을 좋아했다. 또 그들은 인어 할머니(백설 공주가 물고기 꼬리를 달고 분장했다는 것을 보통은 아무도 알아보지 못한다.)가 거대한 둥근 수족관에 들어가 뱀장어, 곰치, 바다뱀과 함께 물을 철썩거리는 것을 무척 좋아했다. 사실 처음에는 호기심 많은 페쟈가 먼저 수족관에 들어가고 난쟁이들이 물속의 맹수들보다 한발 앞서 기적적으로 그를 붙잡아 물밖으로 꺼내준다. 그러나 곰치는 어떻게든 항상 페쟈의 장화를 당겨 벗겨내었다. 이렇게 해서 맹수들의 주의를 얼마 동안 인어로부터 돌리게 했다.

또 관중들은 '코끼리 이발사' 공연을 고대하고 있었다. 인도의 감옥에서 전신에 문신을 하고 노란 상아를 가지런히 자른 코끼리 맘무트가 실제로 이발사 역할을 했다. 먼저 그는 오소리의 꼬리를 통째로 잘라 만든 붓을 코에 끼워 고정하고 비누 대야에 적셔서 볼코프의 왼쪽 머리를 비누 거품으로 완전히 덮은 후, 위험한 면도칼(무딘 터키 장검이 면도칼이다.)을 섬세하게 움직여 거품과 함께 거친 수염을 밀었다. 면도가 끝난 후 볼코프의 오른쪽 머리는 실망스러운 한숨을 쉬었다. 관객들도 그와 함께 한숨을 내쉬었다. 그리고 이 집단적인 한숨 속에 무엇이 더 많이 포함되어 있는지, 즉 기대가 이루어지지 않은 실망인지, 결국 유혈극 없이 모든 것이 끝난 기쁨인지 알기 어려웠다. 이를테면 나쟈에게는 관객들이 끔찍한 광경을 원하고 오직 단 한 가지만을 갈망하는 것처럼 보였다. 공연장 위에 더 많은 피가 흐르는 것. 설령 그것이 공연을 위한 가짜라 해도. 아마도 나쟈의 관점은 알려진 이유로 인해 다분히 일면적일 수도 있겠지만 모두가 숨 막히게 기다리는 공연의 하이라이트가 턱수염 난 여자에게 칼 던지기와 벌레 인간 톱질하기라는 건 어떻게 설명해야 할까?

난쟁이들이 적색과 흑색의 과녁 모양으로 칠한 거대한 원형 바퀴를 무대로 굴리며 나와 특별한 받침대 위에 설치했을 때,

관객들은 오랫동안 고대했던 볼거리를 기대하며 반갑게 환호했다. 무대에는 황금색 바지를 입고 번쩍이는 양날 검이 꽂힌 널따란 빨간 허리띠를 찬 봄 혼자만이 남았다.

"자, 워밍업의 시간입니다." 낮은 목소리로 봄이 말했다. "행운의 바퀴에서 운을 시험해보고 싶은 분 안 계신가요?"

지원자가 없었다.

"그렇다면 세상에서 가장 날쌘 소년과 집에 활을 두고 온 빌헬름 텔 놀이를 하겠습니다. 어이, 페데리코 이 겁쟁아 너 거기 어디 있냐? 이제 엄마 젖꼭지에서 떨어져서 바퀴 앞에 서라! 손님들이 지루해서 주무실라!" 페쟈는 즉시 무대 뒤에서 달려 나왔다. 과녁으로 향하는 길에 그는 당연히 발을 헛디뎌 공연장에 노란 사과를 흩뿌리며 넘어졌다.

"멍청아!" 봄이 그에게 소리쳤다. "네 코랑 헷갈리지 말라고 노란 사과를

가져 왔냐, 아니면 너는 그냥 색맹이냐?"

관객들은 찬성한다는 듯 요란하게 웃기 시작했고 페쟈는 이미 바퀴 옆에 서 있었다. 무릎이 너무 떨려 사과를 두 번이나 다시 집어 톱밥을 털어내고 머리 위에 올려놓아야 했다. 사과는 머리 위에 올려놓자 즉시 가발의 덤불 속으로 사라졌다. 봄은 무대 뒤에서 긴꼬리원숭이들이 능숙하게 두드리는 드럼에 맞추어 벌써 두 번째 손을 들어 올렸지만, 두 번 다 무언가 못마땅해 하며 칼을 든 손을 내렸다. 페쟈가 세 번째로 사과를 머리 위에 올려놓는 동안 잠시 기다린 후 뚱뚱한 광대는 예고 없이 손을 휘둘렀고, 칼은 번개처럼 공기를 가르고 아들의 가발에 꽂혔다. 날카로운 비명소리가 울렸다. 비명을 지른 사람은 나쟈였다. 두 쪽 난 사과가 공연장 위로 떨어지고 대머리 소년 광대가 털썩 쓰러졌다. 그의 가발은 바퀴에 칼로 고정된 채 과녁에 매달려 있었다. 감탄한 관중들은 맹렬하게 휘파람을 불고 열광적인 박수를 보냈다.

"페데리코, 생일 축하한다! 난쟁이들아 저놈 귀를 열세 번 잡아당겨라!" 봄은 일곱 난쟁이에게 명령을 내렸고, 이들은 공연장에 일렬로 뛰어나와 페쟈를 무대 뒤로 끌고 갔다.

이미 빔이 반짝이는 녹색 수영복에 뱀 가죽 부츠를 신고 바퀴를 향해 우아하게 다가가고 있었다. 역도 선수 같은 빔의 강력한 근육질 몸은 천사, 하트, 인어와 같은 색색깔의 조잡한 문신으로 덮여 있었으며, 이 문신들은 용, 나비, 장미 문신들과 이웃하고 있었다. 머리카락과 수염은 활모양으로 휘어지게 단단히

땋아서 리본으로 장식했다. 관중들은 인기 배우의 출연을 박수로 환영했다. 빔은 팔과 다리를 바퀴의 고리에 밀어 넣고 세차게 몸을 움직여 바퀴를 돌렸다. 바퀴는 엄청난 속도로 돌아가기 시작했다. 녹색 부츠와 빨간 리본이 공중에 어른거리기 시작하자 긴꼬리원숭이가 북을 두드렸다. 봄은 기관총을 발사하는 속도로 바퀴에 칼을 던지기 시작했다.

"아아악!" 빔은 칼에 맞은 것처럼 째지는 소리로 비명을 질렀다.

관객들은 겁이 나서 침묵했다. 태연한 봄은 모든 칼을 다 쓸 때까지 계속 칼을 던졌다. 바퀴가 삐걱거리며 멈췄을 때 박수 소리가 일제히 터져 나왔다. 빔은 살아있고 무사했다. 칼은 빔의 위압적인 몸매를 따라 빈틈없이 꽂혀 있었다. 이후 빔은 과녁이 된 바퀴와 남편을 저글링하며 오랫동안 감사해하는 관객들의 박수갈채를 받았다. 나쟈는 이 모든 것을 공포에 질려 바라보면서 지금 불행한 페쟈의 몸은 괜찮은지, 오직 그 한 가지만 생각하고 있었다. 혹시 벌써 페쟈를 옆 소도시 로젠블룸의 병원으로 싣고 가지 않았을까?

그러나 마침내 칼이 등장하는 무서운 쇼가 끝나자 페쟈는 아무 일도 없었던 것처럼 마지막 공연인 마술사 하룬 알 라시드의 출연 준비를 도우러 무대로 뛰어올라 왔다. 난쟁이들, 긴꼬리원숭이, 페쟈, 심지어 코끼리 맘무트까지 무대 뒤로부터 마술사의 소품을 끌어 내왔다. 은박지로 싸인 반짝이는 상자, 거대한 톱, 그리고 물론 벌레 인간 핑커튼 경, 또는 그냥 피냐도. 벌레 인간 피냐는 라피넬리 서커스의 주요한 스타였다. 봄은 런던에서 그를 채용했는데, 피냐가 평생 동안 일해온 지하의 비밀 해부극장에서 그를 꾀어내었다. 사실 피냐는 팔 다리가 없는 상태로 태어났지만 대신 재생이라는 독특한 능력을 가지고 있었다. 그는 히드라의 폴립처럼 매우 빠르게 신체의 모든 장기와 세포를 복구할 수 있었다. 더 정확하게 말하자면 그가 원하든 원하지 않든 스스로 복원되었다. 그가 태어났을 때, 욕심 많고 무지했던 그의 부모는 기형인 아이를 즉시 해부학 극장에 팔아버렸고, 그곳에서 그는 튼튼한 신경줄을 가진 사람들을 위한 외과 쇼의 주연 배우가 되었다. 그가 몇 살인지는 아무도 몰랐다. 그 자신조차도. 단지 어느 여왕이 그에게 경의 작위를 수여했다는 것만 기억하고 있었고, 몇 명의 여왕을 거쳐 왔는지는 기억하지 못했다. 피냐는 대략 100년 아니면 300년 전 일 것이라고 말했는데, 페쟈는 그의 말을 믿었다. 라피넬리 서커스의 모든 배우에게는 그런 환상적인 과거의 이야기가 있었다.

피냐는 모든 것에서 긍정적인 점을 찾아낼 수 있는 호인이었다. 예를 들어 그는 공연에서 매번 반으로 잘리지만 라피넬리 서커스에 입단해 서커스와 함께 세계의 절반을 여행하게 된 것에 대해 매우 기뻐했다. 그리고 피냐는 페쟈와 수다 떠는 것을 좋아했으며 작은 광대도 같은 마음으로 그를 대했다. 그런데 지금, 은색 포장지로 싼 피냐를 들고 장엄하게 무대로 들어서는 행진을 하던 중에, 행렬의 뒤쪽에 있던 페쟈가 갑자기 비틀거리더니 넘어졌다. 앗! 그러자 그의 여위고 긴 두 팔 안에 공연 소품인 벌레 인간의 가짜 다리가 남아 있었다. 광대 소년은 피냐의 다리를 들고 톱밥이 깔린 바닥에서 일어나 무서워하는 척 째지는 비명을 지르면서 무대 위에 핏자국을 남기며 허둥지둥 무대 뒤로 뛰어 들어갔다. 음악이 멈추었다.

"불쌍한 내 다리!" 핑커튼 경은 연극을 하듯 신음소리를 꾸며 내었다. "얼간이 광대가 내 다리를 뜯어갔네!"

"세상에나!" 공연장에 있던 노파 두 명이 몸이 안 좋아져서 통

로에 큰 소리를 내며 털썩 쓰러졌다.

　　"샤이제르 마샤이제르 아카 크네베캬이제르!" 백발의 늙은

침팬지를 닮은, 점성술사처럼 차려입은 마술사 하룬 알 라시드가 이렇게 외치고는 손에서 나오는 파란 섬광으로 관객들의 눈을 멀게 했다. 관객의 시력은 정해진 자리에 수놓은 비단에서 다시금 튀어나와 있는 피냐의 다리와 함께 돌아왔다. 관객들을 권태롭게 하지 않기 위해(또한 다른 묘기는 조수 없이는 불가능했기 때문에) 하룬 알 라시드는 즉시 은색 상자에 놓인 피냐의 다리를 절단하는 묘기로 넘어갔다. 사람들이 자신을 톱질하는 것을 보고 있는 동안, 씩씩한 영국인은 대톱의 반주에 맞춰 특별히 관중들을 위해 현지 민요를 불렀다.

아, 나의 사랑스러운 랑구스틴*,
슬퍼하지 마, 슬퍼하지 마.
아, 나의 사랑스러운 랑구스틴,
다 지나갈 거야, 모두 다.
아, 나의 사랑스러운 랑구스틴,
수프에 집게발을 넣어.
아, 나의 사랑스러운 랑구스틴,
다 지나갈 거야, 모두 다.

공연장의 많은 관중들이 그를 따라 노래했다. 심지어 아이들조차도. 그러나 나쟈만은 노래하지 않았다. 소녀는 결심한 듯이

---

* 딱새우. 피냐의 노래가 오스트리아 민요 '사랑스러운 아우구스틴 O du lieber Augustin'의 패러디임을 암시하고 있다.

자리에서 일어나 공연장의 난간으로 기어 올라가서, 그의 서커스에 대해 자기가 생각한 것을 페쟈에게 전부 이야기해주기 위해 굳건한 발걸음으로 무대 뒤로 향했다.

4장
헛수고

나쟈가 혼잡한 무대 뒤로 들어서자마자, 어린 광대가 즉시 그녀를 향해 뛰어왔다. 나머지 배우들은 호기심 어린 눈으로 외눈박이 소녀를 바라보았다.

"나쟈, 너 왜 여기 있어? 저기서 지금 제일 재미있는 게 시작되는데!" 페쟈는 진심으로 놀라서 말했다.

그리고 정말로 나쟈의 등 뒤 공연장에서는 귀가 먹먹해질 정도의 박수갈채와 환호성이 터져 나왔다.

"나는 아냐." 나쟈는 말했다. "나에겐 충분해. 왜 아빠가 나를 서커스에 데려가시지 않았는지 이제는 이해가 돼."

빔과 봄은 두꺼운 소시지 같은 손가락에 연기가 피어오르는 향기로운 시가 꽁초를 끼운 채 공연장에서 천막으로 돌아왔다.

"무대 뒤에 왜 외부인이 들어왔지?" 빔이 으르렁거렸다.

"얘는 나쟈예요. 제 여자 친구요." 페쟈는 부모님과 소녀 사이에 섰다. "그렇지 않아도 마침 나쟈에 대해서 말씀드리려고 했어요. 얘가 하고 싶은……."

"오, 이게 웬일이냐!" 봄은 감탄스러워하며 놀라서 아들의 말을 끊었다. "겨우 열세 살이 된 녀석이 여자 친구를 사귀다니! 영웅호걸이로군! 나를 꼭 닮았어! 이 눈도 네가 상처 낸 거라면 좋겠다만?"

그리고는 뚱뚱한 남자는 페쟈에게 대답할 기회도 주지 않고 주변에 모여든 배우들에게 소리쳤다. "이 게으른 놈들 왜 서 있는 거지? 어서 무대로 가서 벌레 인간과 소품을 챙겨! 그리고 바로 떠날 준비를 해. 한 시간 후에 출발한다."

"하지만 주인님, 우리는 페데리코의 생일을 축하해주고 싶어요." 겁먹은 목소리로 난쟁이 중 가장 큰 월요일이 말했다.

그러자 그는 그 즉시 봄에게 뒤통수를 얻어맞고 공처럼 구르며 막 뒤에서 무대로 나가떨어졌다. 나머지 난쟁이들과 긴꼬리원숭이, 페쟈가 그의 뒤를 따라 바로 달려 나갔다.

두 명의 광대는 시가를 동시에 수족관의 곰치에게 던졌다(곰치는 슈욱 소리나는 어뢰를 바로 삼켜버렸다). 그런 후 작은 손님을 무례한 시선으로 바라보기 시작했다.

"아, 네가 누군지 알겠다." 쌀쌀맞게, 그러나 점차 흥분하며 빔이 말했다. "오늘 시청에서 공연을 중단시킨 게 너구나. 그런데 뻔뻔하게 여길 다 오다니? 그렇지! 우리 아들을 속이려는 거지? 그 아이와 함께 이 촌구석에서 탈출하려고? 30년 전 내가 우리 봄과 그랬던 것처럼? 꿈 깨라! 헛수고다. 우리 서커스에 외눈박이 공주님은 필요 없어. 그리고 페데리코는 우리 없으면 말 그대로 끝장이야. 여기가 그 애 집이라고. 페어슈테엔, 프로일라인?*"

나쟈는 침묵했다. 마음 같아서는 뒤도 돌아보지 않고 집으로 달려가고 싶었지만, 용감하게 페쟈를 끝까지 기다리기로 마음먹었다. 천막 안의 군중들은 계속해서 미쳐 날뛰고 있었다. 서커스의 관객들은 웅성거리고 휘파람 불고 소리치면서 앵콜 공연으로 벌레 인간 피냐를 톱질하라고 요구했다.

"이봐, 부인. 자자, 언성을 높이지 말라구!" 예기치 않게 봄 라

---

* 독일어 Verstehen, Fräulein(알아들었어, 아가씨)?

피넬리가 침묵하는 나쟈의 편을 들어주었다. "계집애가 우리와 같이 가길 원한다면 나는 개인적으로 반대하지 않겠어. 마술사에게 조수가 필요해. 조수가 없으면 못하는 공연이 너무 많아. 너 이름이 뭐냐, 꼬마야?"

봄이 억센 노란 송곳니를 드러내며 호색한 같은 미소를 지어서 나쟈는 더욱더 무서워졌다. 나쟈는 페쟈의 부모 중에서 어느쪽이 더 두려운지 알 수 없었다. 턱수염 난 마녀 빔은 죽일듯한 시선으로 노려보고 있었고, 턱수염 난 식인귀는 위에서 아래로 훑어보며 다정하게 웃고 있었다.

"나디라예요." 소녀는 힘겹게 자신을 소개하고는 질문을 앞질러 이렇게 덧붙였다. "아버지가 인도분이세요."

"인도라고! 나는 그곳에서 최고의 시간을 보냈지. 이 마술사, 요기, 코브라, 식인 호랑이, 흉악한 미친 코끼리의 나라를 좋아한단다." 봄은 꿈꾸는 듯한 목소리로 말했다. "꼬마야, 오늘 우리 공연 어땠니?"

"끔찍하고 역겨웠어요." 어떤 결과를 불러올지 미처 헤아리기도 전에 나쟈에게서 말이 튀어나오고 말았다. 하지만 이것이 라피넬리 쇼에 대한 최고의 평가인 듯했다.

"고맙구나! 노력했단다. 하지만 그런 서툰 아첨도 너에게 별 도움이 되지는 않을 거야. 나갈 차례야, 봄!" 빔이 큰소리로 으르렁거렸다.

"나디라! 우리가 돌아오기 전에 사라지는 게 좋을 거다. 내 말이 무슨 뜻인지 잘 이해했으면 좋겠다만."

턱수염 난 여자는 남편의 팔꿈치를 잡고 무대로 끌고 갔다.

봄은 뛰어나가다 돌아서서 나쟈에게 빛나는 검은 눈으로 윙크를 했다. 가엾은 소녀는 전기 충격을 받은 것처럼 몸을 떨었다. 다행히 무대로부터 페쟈가 대기실로 뛰어들어왔다. 그는 피냐의 만족스러운 얼굴이 보이는 톱질된 상자 반쪽을 화요일과 함께 끌고 들어왔다.

"안녕, 귀여운 아가씨!" 벌레 인간은 새로운 사람을 만난 것이 기뻤다.

"페쟈, 미안해. 난 빨리 집으로 가야겠어." 나쟈가 광대의 옷소매를 잡아당겼다.

"그럼 우리 계획은 어떻게 되는 거야?" 페쟈는 놀랐다. "너 정말로 우리랑 같이 가지 않을 거니?"

"생각이 달라졌어." 나쟈가 말했다. "서커스는 나에게 맞지 않는 것 같아. 이곳에서는 모든 게 공포와 굴욕을 바탕으로 이루어지고 있어. 나는 그게 너무 답답하고 슬퍼."

"세상일이 다 그런 걸." 귀가 긴 난쟁이 화요일이 한숨을 쉬며 말했다.

"나쟈, 가지 마. 나도 이곳의 모든 것이 마음에 안 들어." 페쟈는 간청하듯이 여자 친구를 바라보았다.

"아무도 안 좋아해." 화요일이 한숨을 쉬었다.

"그건 네 생각이지." 피냐가 노여워했다. "나는 다 좋다고."

마술사의 소품을 든 긴꼬리원숭이들이 무대에서 들어와 그들 옆을 지나 광장의 트레일러로 달려갔다.

"우리의 서커스를 만들 수 있을지도 몰라. 선하고 즐거운." 페쟈는 자신 없는 목소리로 말했다.

"네 부모님과? 천만에!" 나쟈는 단호했다. "난 이제 가야 돼. 잘 있어, 페쟈! 미안해, 나의 어린 왕자!"

"잠깐만, 나쟈! 내가 데려다줄게. 미스터 핑커튼을 트레일러에 데려다주고 올 때까지만 기다려줘."

"잘 가요, 귀여운 아가씨!" 벌레 인간은 헤어지며 나쟈에게 눈부시게 미소 지었다.

무더운 7월의 밤은 뤼네부르크에 까만 벨벳 장막을 드리웠다. 어디선가 보이지 않는 곳에서 매미가 울었다. 낡은 가로등이 슬픈 광대와 이번엔 몹시 서둘러 집으로 향하고 있는, 그보다 덜 슬프지 않은 여자 친구에게 위태로운 노란빛으로 길을 비춰주었다.

"네가 보고 싶을 거야, 나쟈! 벌써 보고 싶어지기 시작했어. 느껴지니?" 페쟈는 커다란 장화를 신고 있어서 소녀를 간신히 따라갔다.

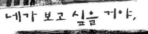

네가 보고 싶을 거야, 나쟈! 벌써 보고 싶어지기 시작했어.

e repessione. 1 13° mouvement, Padspessione.

끝없는 우주 속에서

두 명의 작은 사람이
헤어질 수 없어서

서로 끌어안고

서 있을 뿐이었다.

그들은 아늑한 골목길로 접어들어 늙은 아름드리 참나무들이 있는 작은 공원에 도착했다. 그러자 나쟈를 집으로 몰아댔던 끈적끈적한 공포가 돌연히 물러갔다. 나쟈를 따라다니던 호색한 같은 봄의 미소는 밤하늘 속에 녹아들어 아래로부터 자라나는 초승달이 되었다. 마음이 진정된 소녀는 멈추어 선 후 낡은 가스등 아래에 있는 구부러진 공원 벤치에 앉았다. 광대는 소녀의 곁에 앉았다.

"우리는 이렇게 되고 말았구나, 페쟈. 미안해, 이렇게 바보 같이 되어버려서. 하지만 유감스럽게도 난 그런 서커스를 할 준비가 되지 않았어. 그건 정말로 미친 짓이야! 심지어 나에게조차도. 나는 이 촌구석에서 계속해서 시들어갈게."

슬픈 페쟈는 나쟈와 전혀 헤어지고 싶지 않았다. 그는 소녀를 보지 않고 팔꿈치를 무릎 위에 얹어 손으로 머리를 고인 채 단조롭게 몸을 흔들었다.

"그럼 나는 어떻게 하지, 나쟈? 너 이전에 나에겐 친구라곤 없었어. 매일 새로운 도시에 있으면 친구를 사귀기 어려워."

"우리는 인터넷으로 소식을 나눌 수 있잖아."

"서커스에는 인터넷이 없어."

"저런, 그게 정말이야?" 나쟈는 믿을 수 없었다. "세상에나! 진정한 중세로구나. 페쟈, 난 네가 좋아. 너랑 정말로 친구가 되고 싶어. 하지만 모든 게 우리 생각과는 다른걸. 너는 떠나고 나는 남아야 돼. 영원히 안녕, 나의 왕자님!"

소년과 소녀는 벤치에서 일어나 작별의 포옹을 했다. 나쟈는

그들은 함께 있는 것이 좋았다.

실짝

그의 입술에

자신의 입술을 맞추자

그들을 둘러싼 세상은

사라져버렸다.

소년 광대는 나쟈의 귓가에 어리석은 진심을 속삭였다.

페쟈의 커다란 빨간 코에 입을 맞추었다. 광대의 눈에서 뜻하지 않은 눈물이 솟아올랐다. 그런 후 나쟈가 살짝 그의 입술에 자신의 입술을 맞추자 그들을 둘러싼 세상은 사라져버렸다. 그저 끝없는 우주 속에서 두 명의 작은 사람이 헤어질 수 없어서 서로 끌어안고 서 있을 뿐이었다. 그들은 함께 있는 것이 좋았다. 이런 느낌을 전에 어디서 단 한 번도 느껴보지 못했을 정도로 좋았다. 소년 광대는 나쟈의 귓가에 어리석은 진심을 속삭였다.

"나쟈! 내가 성인이 되면 곧바로 부모님 곁을 떠나 뤼네부르크로 올거야. 너와 결혼해서 너를 여기서 데리고 갈게. 우리는 세상에서 가장 선한 서커스를 가지게 될 거고, 너와 함께 전 세계를 여행할거야. 너도 좋지?"

그러나 나쟈에게는 페쟈의 제안에 대답할 시간이 없었다. 스쿱으로 뜬 색색깔의 아이스크림이 그려진 손수레가 골목에서 공원으로 꺾여져 들어오고 있었다. 손수레의 냉장고 안에서는 빈 양철통들이 서로 부딪쳐 덜그럭거리며 뒹굴고 있었다. 수레를 밀고 오는 사람은 롭으로, 나쟈의 이웃이자 나쟈와 사이가 좋지 않은 뤼네부르크에서 소문난 불량배로서 아이스크림 장수의 의붓아들이었다. 롭은 양아버지의 작은 카페로 손수레를 가져다놓으러 가고 있었다. 그들은 오늘 라피넬리 서커스의 입구 옆에서 과일 아이스크림으로 상당한 매상을 올렸다. 롭의 양아버지는 롭에게 손수레를 맡기고 재수 좋은 하루를 자축하러 맥주 집에 갔다.

머리를 빡빡 깎고 껑충하게 키가 큰 청년은 페쟈와 나쟈의 보자 기뻐서 펄쩍 뛰더니 당황한 아이들의 사진을 찍기 위해 곧바로 주머니에서 휴대폰을 꺼냈다.

"이런 행운이! 이보다 더 우스운 건 못 봤어! 광대와 마녀가 입을 맞추고 있네! 달콤한 커플이로군! 앙코르로 다시 해봐! 이 사진을 보면 다들 웃을 거야! 광대가 아직 빨간 코를 떼지도 않았네. 하하하하!"

"집에 가는 게 좋을 걸, 파렴치한 롭!" 나쟈의 얼굴이 빨개졌다.

"왜? 네 남자친구가 나를 눈물로 익사시킬 거라서? 코로 들이받아 죽이나? 내 주먹 위로 넘어져?"

"너는 정말 징그럽고 역겨운 바보야!" 화를 내며 나쟈가 외쳤다.

"이봐, 마녀! 너 뭐야, 완전 무례한데? 이제 그만 건방떨게 해주지!"

롭이 주먹을 쥐고 나쟈에게 달려들자 페쟈는 용감하게 그를 향해 몸을 날렸다. 그의 재능은 이번에는 완전히 예상치 못한 측면에서 그에게 도움이 되었다. 몸놀림이 서툰 광대는 비틀거리며 불한당의 발 위에 정통으로 쓰러졌고, 페쟈에게 발이 걸린 롭은 페쟈를 스쳐 날아가 벤치에 머리를 세게 부딪쳤다. 나무판이 부서지는 듣기 싫은 소리와 나쟈의 가느다란 비명이 울렸다. 페쟈가 일어섰다. 긴 팔과 다리를 벌리고 목이 부자연스럽게 뒤틀린 롭이 벤치 옆에 누워 있었다. 머리카락을 말끔히 밀어낸 머리가 달빛에 반짝이며 뤼네부르크 위에 펼쳐진 별이 빛나는 하늘을 얼어붙은 눈으로 놀란 듯이 바라보고 있었다. 나쟈는 공포에 떨며 몸서리를 쳤다. 겁에 질리고 혼란스러워진 페쟈는 안절부절못하며 벤치 둘레를 빠르게 뛰기 시작했다.

"끔찍해! 끔찍해! 나쟈! 왜 서 있는 거야? 얼른 의사를 불러야지! 나쟈, 너 듣고 있니?"

"늦었어, 페쟈! 이미 숨을 안 쉬어."

"이런 악몽이! 그럼 경찰을 불러서 모든 걸 있었던 대로 이야기하자." 페쟈가 제안했다.

"아냐, 안 돼. 우리를 믿지 않을 거야. 이 사람은 우리 옆집에 살아. 나를 늘 괴롭혔어. 모두들 이번에도 나를 비난할거야. 우리 사이가 좋지 않다는 걸 다들 알고 있거든. 롭은 나를 약 올리고 할머니를 조롱했어. 그렇다고 해서 나는 그가 죽었으면 하고 바란 적은 결코 없어. 하지만 사람들은 내가 마법을 걸었다고 말할 거야. 여기선 나를 마녀라고 생각한다는 걸 기억해……."

"하지만 왜지, 왜?" 페쟈는 롭의 손수레 주변을 원을 그리며 빠르게 돌기 시작했다. "나는 백만 번쯤 넘어졌고 머리를 찧었는데 항상 아무 일도 없었어. 어째서 이렇게 됐을까? 이 사람은 그러니까, 머리가 그렇게나 약한 거야?"

나쟈는 자기도 모르게 미소를 지었다.

"페쟈, 지금은 그 질문이 중요한 게 아닌 것 같아. 중요한 건 우리가 어떻게 할 것인가야."

"이 사람을 손수레에 싣고 오래된 공동묘지로 가서 거기에 묻어버리면 어떨까?" 팔을 흔들며 달리기를 멈추지 않은 채 페쟈가 제안했다.

"아냐! 만일 묘지로 가는 길에 누구라도 우리를 보면 상황은 더욱 나빠질 거야." 나쟈는 손으로 눈을 가렸다. "알겠다! 나에게 한 가지 생각이 있어. 여기서 나를 기다리고 있어. 아무데도 가지 마."

그리고 나쟈는 어둠 속으로 사라졌다. 상황은 점점 더 어려워져갔다. 만일 지금 누가 공원에 나타난다면? 페쟈는 힘겹게 롭을 벤치 위로 끌어다 놓고 옆에 앉아서 그의 팔을 자기 어깨에 둘렀다. 이제는 누가 옆으로 지나간다고 해도, 두 명의 오랜 친구, 스킨헤드와 광대가 다정하게 끌어안고 벤치에 앉아있다고 생각할 것이다. 그 사람은 아마도 놀라겠지만.

"이런! 페쟈! 너 무슨 짓을 한 거야? 너 때문에 놀랐잖아!" 나쟈는 허브와 야채가 담긴 손수레를 밀며 총알처럼 빠른 속도로 공원으로 다가왔다.

"할머니 가게에서 가져왔어." 나쟈는 설명했다.

페쟈는 아무것도 이해할 수 없었다.

"시체를 야채 아래 숨겨서 떡갈나무 아래 두려고? 아니면 사고로 위장하려고 하는 거야? 두 수레의 충돌로 인한 사망 사고?"

"아냐, 페쟈! 나에게 천재적인 계획이 있어. 단지 너희 서커스의 호랑이가 채식주의자라고만 하지 말아줘."

"하지만 호랑이들은 정말로 채식주의자인걸." 페쟈는 낙담했다.

"그렇다면 롭을 곰치에게 먹이로 주자." 나쟈는 단호하게 말한 후 광대에게 자신의 계획을 알려주었다.

자신의 계획을 알려주었다.

5장
페자가 수레를 움직이기 시작했다

나쟈의 독창적인 계획은 이러했다. 우선 청과물 수레에 롭을 싣고 그 위에 야채와 과일을 얹은 후, 서커스단으로 싣고 가서 맹수들에게 먹이로 준다. 그리고 롭을 사료로 먹이는 임무는 어린 광대의 몫이다. 당연히 이 잔인한 계획은 전혀 페쟈의 마음에 들지 않아서, 다리가 긴 소년이 짧은 수레에 들어가지지 않자 광대는 심지어 기뻐했다.

"젠장! 젠장! 기다란 악마 같으니라고! 어떻게 하지?" 나쟈는 낙담하더니, 잠시 후 돌연 갑작스러운 끔찍한 생각에 몸을 떨기 시작했다. "에잇, 칼을 가지러 가야겠어!"

광대는 자기 여자 친구의 생각이 그런 쪽으로 움직일 거라고는 분명히 예상하지 못했다.

"칼은 잊어버려!" 페쟈는 화가 나서 고개를 저었다. "우리 그냥 아이스크림을 넣었던 양철통에 넣자." 그리고 사실, 아이스크림 장수의 부스에서 꺼낸 거대한 100리터짜리 양철통 쪽이 청과물 수레보다 롭에게 더 알맞았다.

"그 생각은 별로야." 나쟈는 실망했다. "롭의 계부가 양철통 때문에 온통 소란을 피울 거야! 서커스를 뒤좇아 추격대를 보낼걸."

그러나 페쟈는 뜻을 굽히지 않았다. 그는 달을 향해 의기양양하게 코를 들어 올리고는 팔짱을 꼈다.

"그 방법 외에 다른 방법은 없어! 그리고 너도 일단 우리와 함께 떠나자. 너를 네 수레에 숨겨서 동물들에게 싣고 갈게. 나는 내 트레일러에서 동물들의 승합차로 몰래 갈 수 없어. 그러니까 모든 걸 너 혼자 직접 해야 해. 첫 번째 정차를 할 때 너는 아이스크림 수레를 가지고 도망쳐. 중요한 건 부모님이 너를 눈치 채지 못하게 해야 한다는 거야."

"도망친다고?" 나샤는 생각에 잠겼다. "그래, 아마도 그게 지금 나에게 남은 유일한 방도인 것 같다. 넌 나랑 있어 줄 거지, 페쟈?"

"안 될 거야." 광대는 한숨을 쉬었다. "내가 탈출을 꿈꾸지 않았을 거라고 생각하니? 우리 부모님은 모든 도시마다 아는 사람이 있어. 게다가 내 코로는 평범한 사람들 사이로 숨어드는 것은 불가능해. 서커스는 나의 운명이야."

그들은 힘겹게 롭의 다리를 머리 쪽으로 끌어올려 반으로 구부린 후 플롬비르* 아이스크림을 넣었던 양철통에 밀어 넣었다.

* 우유로 만든 아이스크림의 일종으로 유지방 함유량이 높다.

"광장으로 가는 우회로를 알려줄게."하고 나쟈가 말했다. "밤에는 이 어두운 골목으로 아무도 다니지 않아. 지금 우리에게 가장 중요한 건 아이스크림 장수와 마주치지 않는 거야!"

그들은 아이스크림 수레와 청과물 수레를 밀면서 서커스 천막을 향해 달려갔다. 양철통 속에 있는 롭의 시체만 아니었다면 이것은 밤의 어두운 골목을 따라 펼쳐지는 매혹적인 경주가 될 수도 있었다. 손수레는 길을 포장한 돌 위에서 튀어 올랐고, 멀리 있는 등불들은 노란 눈으로 이들에게 길을 비춰주었으며, 하늘에서는 구부러진 달이 해적 눈가리개를 한 소녀와 도중에 열 번이나 넘어지고 심지어 한 번은 손수레를 뒤엎기도 한 옷매무새가 흐트러진 광대에게 윙크를 했다. 양철통은 끔찍한 굉음을 내며 돌로 포장된 도로를 따라 튀어 올랐다. 천둥소리를 듣고는 뇌우가 시작되었다고 생각한 시민들은 창문의 무거운 나무 덧문을 달았다. 롭이 통에서 밀려 나오지 않은 것은 다행스러운 일이었으며, 시민 중 그 누구도 길에서 나쟈와 페쟈를 맞닥뜨리지 않은 것은 더욱더 다행스러운 일이었다.

드디어 광장이었다. 광장에는 이미 시민들 중 아무도 남아있지 않았다. 라피넬리 서커스의 지친 단원들만이 서둘러 천막을 분해하고 소품을 트레일러에 싣고 있었다. 빔과 봄은 그들 가운데 있지 않았다. 페쟈는 행운에 기뻐했지만 만약을 위해 여자친구를 청과물 수레의 야채와 과일 아래 숨긴 후 광장 입구의 한적한 곳에 남겨두었다. 그리고 그가 옳았다! 아이스크림 양철통이 실려 있는 수레를 천막 가까이 끌고 간 순간 그는 인도 마술사의 외침을 들었다.

"여기 있다! 페쟈, 너 어째서 사라지다? 엄마 아빠가 무척 화나다, 걱정하다, 욕하다, 경찰에 전화하다! 이런, 이런! 그러면 안 되다! 우리는 생각하다, 네가 도망가다!"

"페쟈가 돌아왔어! 무사하구나!" 백설 공주가 기뻐했다.

"안녕, 페쟈!" 긍정적인 피냐가 그녀의 말을 거들었다.

"만세! 페쟈가 우리에게 아이스크림을 가져왔어! 생일을 축하하자! 잘했어, 페쟈! 우리 친구!" 단 것을 좋아하는 난쟁이들이 기뻐했다.

"조용히 하세요. 여러분, 조용히!" 어린 광대는 동료들을 진정시키려고 했다.

하지만 이미 늦었다. 자신들의 호화로운 바퀴 달린 집에서 빔과 봄이 줄무늬 목욕 가운 차림으로 나왔던 것이다. 그들은 방금 전 서커스 분장을 씻은 것이 분명했다.

"네가 오다니 웬일이냐? 뭐 좋아. 놔두지, 벌은 주지 않을게. 생일을 기념해서 용서하마." 하고 빔이 말했다. "페데리코, 중요한 건 네가 그 어린 외눈박이 마녀와 도망치지 않은 거야. 네가 바보 같은 짓을 할까 봐 정말 겁이 났다. 얼마나 걱정했던지 심

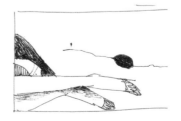

장에 병이 나는 줄 알았어."

빔에게 심장이 있다는 것이 밝혀졌다.

"네가 굴리고 있는 이건 뭐냐? 아들, 아이스크림 장수를 털었냐? 너 오늘 나를 계속 놀라게 하는구나." 봄은 거대한 배를 긁으며 감탄했다. "기억난다. 나도 열세 살 때……."

"네, 털었어요. 그의 의붓아들도 죽이고." 페쟈가 슬픈 듯이 말하자 그의 부모를 포함해 광장의 모든 배우들은 그의 생애 첫 농담에 함께 웃음을 터뜨렸다.

"내 아들이 농담을 배우다니, 기적이야." 한참 웃은 후 만족스럽게 빔이 말했다.

"이건 우리의 멋진 공연에 대한 나쟈의 선물이에요." 아이스크림 수레를 턱으로 가리키며 페쟈가 말했다. "거긴 비어 있어요. 여러분, 죄송해요. 대신 냉장 시설이 되어 있어서 우리가 원하는 것을 모두 저장할 수 있고, 원한다면 공연에 사용할 수도 있어요."

그는 인생 최초로 거짓말을 해서 분장 밑으로 끔찍하게 얼굴을 붉혔다. 일반적으로 광대 분장을 하면 거짓말하기에 아주 편리하다. 양 볼이 이미 더할 나위 없이 빨갛기 때문에 절대 아무도 아무것도 눈치 채지 못할 것이다.

"우우우!" 난쟁이들과 긴꼬리원숭이들은 실망했다.

"대신 나쟈의 할머니가 우리에게 야채와 과일을 한 수레 가득 선물하셨어요. 지금 가지고 올게요!"

이제 채식 호랑이와 코끼리 맘무트가 기뻐할 차례였다. 난쟁이들과 원숭이들은 아이스크림 그림을 보며 계속 입맛을 다셨다. '내 말이 그들을 막지 못하겠군.'하고 페쟈는 생각했다. '그들은 분명 바닥에 남은 건 없는지 확인할거야. 그러면 거기서 발견한 것이 마음에 들지 않겠지. 안되겠어. 아이스크림 수레를 내 트레일러로 가져가야겠어.' 다행히도 이전에 서커스 동물들을 싣던 차량인 페쟈의 트레일러 집은 빈 공간이 많았다. 뒷벽을 고쳐 만든 거대한 문을 통해 아이스크림 수레뿐 아니라 코끼리도 집어넣을 수 있었다. 가는 길에 배우들 한 사람 한 사람에게 잘 익은 진미를 던져주면서 페쟈는 과일을 실은 수레도 자신의 트레일러로 끌고 갔다.

"옳지, 애야! 선물은 네 방에 잘 보이는 곳에 두어라." 아버지는 그의 행동에 찬성했다. "우리가 플젠에 도착하면 아침 일찍 배우들에게 탄수화물을 나눠 줄 거다. 자기 전에 과일을 먹는 것은 해로울 수 있어."

수레가 트레일러 안에 놓였을 때에야 페쟈는 한숨을 돌리고 겨우 진정할 수 있었다. 그의 인생에서 가장 길고도 힘겨운 생일이 이제 끝나가는 것 같았다. 그렇지만 그는 죽은 이와 함께 한 트레일러에서 밤을 보내야 했다.

"이제 끝이야? 나가도 돼?" 나쟈는 바나나와 토마토 아래에서 머리를 내밀었다.

"나와도 돼." 페쟈는 말했다. "침대로 들어가. 난 오늘 바닥에서 잘게."

"좋아." 나쟈는 동의했다. "넌 진짜 왕자님처럼 행동하는구나.

너를 잘못 보지 않아서 기뻐."

그녀는 페쟈의 코에 입 맞춘 후 운동화를 벗고 옷을 입은 채
이불속으로 재빨리 뛰어 들어 몸을 감추었다. 페쟈는 딱딱한 바

닥에서 몸을 뒤척이며, 열다섯 살 생일날 뤼네부르크에서 그에
게 일어났던 그 모든 아름답고 끔찍한 일을 회상하며 오랫동안
잠들지 못했다.

마침내 부모님의 트레일러에 연결된 페쟈의 트레일러는 밤의
도로를 따라 남쪽으로 움찔하며 굴러가기 시작했다. 창문의 커
튼 너머로 불빛이 어른거리고 트레일러가 가볍게 흔들리기 시
작하자 광대 소년은 잠들어 어둠 속으로 떨어졌다.

그리고 얼마 안 있어 페쟈는 격렬한 브레이크 소리와 끔찍한

굉음에 잠을 깼다. 급제동으로 인해서 헐겁게 묶어놓았던 아이스크림 수레가 자동차의 바닥을 굴러와 광대 장화를 신은 그의 발을 아프게 짓눌렀다. 차가운 달빛이 창문을 때렸다. 서커스 대열은 멈추었다. 거리에서 빔과 봄이 큰 소리로 싸우고 있었다. 페쟈는 나쟈를 바라보았다. 소녀는 깊이 잠들어 있었다.

페쟈는 오랫동안 잠들지 못했다.

6장
완전한 실패

페쟈가 트레일러 옆쪽에 나 있는 쪽문을 열고 아래로 뛰어내렸으며, 당연히 길가 풀밭에 얼굴을 박으며 넘어졌다. 페쟈는 일어나서 호기심 많은 누군가가 안을 들여다보지 못하도록 열쇠로 단단히 문을 잠갔다.

이미 라피넬리 서커스의 거의 모든 배우들이 놀란 표정으로, 하지만 다른 이의 재난을 기뻐하는 마음도 없지는 않은 얼굴로 봄의 트레일러가 일으킨 사고에 대해 이야기를 나누며 고속도로 가에 모여 있었다.

"보스가 늙어가는군. 늙은 봄이 졸음운전을 했어."하는 소리가 페쟈의 귀에 들어 왔다.

'사고라고! 나쟈가 소망이 현실이 된다고 했었는데.' 이해력이 뛰어난 페쟈는 놀라서 앞쪽으로 달려가기 시작했다. 서커스 배우들은 몸을 웅크리고 하품을 하며 턱수염 난 주인 내외가 벌이는 야간 공연을 바라보고 있었다. 다행히도 다친 사람은 없었다. 그러나 봄이 운전하는 선두 트레일러의 육중한 운전실은 충돌로 인해 찌그러져 있었다. 주위에 있는 파편들은 형체를 알아보기 힘들 정도였다. 고속도로를 따라 흩어져 있는 검은 색으로 칠해진 나무판자들, 이지러진 금속들, 길가에 누운 엄청난 크기의 나무 바퀴…….

"이건 대체 어떤 기계였나요?" 페쟈가 볼코프에게 물었다. "우리가 뭘 친 거죠?"

"오래된 영구차." 조련사의 왼쪽 머리가 대답했다.

"도로 한가운데서요?" 광대는 놀라서 물었다.

"그럴리가." 볼코프의 오른쪽 머리가 헛기침을 했다. "영구차는 오래된 묘지 입구에 있었어. 우리는 정말 운이 좋았어. 너희 차보다 한참 뒤처져 있어서 기적적으로 부딪히지 않고 정지할 수 있었지. 아니었으면 전부 다 여기 묻혔을걸. 라피넬리 서커스 전체가. 납작해진 트레일러 속에 갇힌 채로."

"그렇군." 왼쪽 볼코프가 웃기 시작했다. "그랬으면 좋았을걸!"

페쟈는 자세히 살펴보았다. 정말로 길섶 왼쪽에 담쟁이덩굴로 뒤덮인 녹슨 묘지 울타리가 보였고, 그 앞에 오래된 작은 예배당과 문의 형상이 보였다.

빔과 봄은 부서진 트레일러의 조종실 옆에 서서 사건의 연관 관계를 밝혀내고 있었다.

"자, 이제 어떻게 할 거야, 이 늙다리야?!" 뚱뚱한 남자의 가슴을 밀며 빔이 소리쳤다. "당신이 우리를 죽일 뻔 했다고! 내가 운전한다고 했잖아!"

봄은 애써 눈을 부릅떴지만 할 말이 없었다. 그래서 그는 앞 유리에 머리를 부딪쳐서 튀어나온 이마에 혹이 나 있는 화난 아내를 말없이 피했다. 그리고 이때 가엾은 페쟈가 봄의 눈에 들어왔다.

"페데리코, 제기랄! 다행히도 너는 무사하구나. 아들아, 어떤 재난이 일어났는지 좀 봐라. 운전하다 난생 처음 잠이 들었구나. 마법이 아니라면 있을 수 없는 일이지. 너의 외눈박이 마녀가 나를 저주한 게야!"

빔은 남편을 때리려다 멈추고 아들에게 퍼붓기 시작했다.

"그, 그, 저주받을 것이! 내가 그랬지. 그 애랑 같이 있으면 커다란 어려움을 겪을 거라고! 이 나쟈는 자기 부모에게도 마법을 건 애란 말이야. 나쟈는 인도 집시가 틀림 없어. 내 생각이 맞다면 저주를 풀기 위해서는 지금 당장 다른 집시를 찾아야 해. 그리고 페데리코야, 너 왜 돌부처처럼 서 있니? 당장 그 애의 더러운 수레를 없애버려라. 어쩌면 거기 있는 것 전부에 독이 들어 있을 수도 있어. 수레를 당장 묘지에 갖다 버려라. 그리고 아이스크림 수레도 내다 버리고. 이 망할 도시에서 우리는 아무것도 필요하지 않아. 더구나 그 마녀가 준 것은 더더욱. 그 애는 자기를 서커스에 데려가지 않았다고 우리를 괴롭히기로 한 거야. 내가 그럴 줄 알았지. 내 말 들리니, 멍청아?"

"들려요, 들려." 모든 일이 너무 빨리 일어나서 페쟈는 낙담을 해야 할지 기뻐해야 할지 아직 결정하지 못했다. "여기에 오래 머물 건가요?"

"오래일지 아닐지 모르겠구나." 봄이 말했다. "경찰과 보험회사가 피해를 평가할 때까지 한동안은 기다려야. 음, 그리고 자동차 수리공이 와야 한다. 트레일러를 살펴보고 우리가 운행해도 될지 안 될지 말해주려면……. 우리는 대략 아침까지는 분명히 머물 거다. 플젠에서 공연은 취소해야겠다. 이게 다 네 외눈박이 때문이야!"

"당신도 대단해." 빔은 문득 남편을 충분히 갈겨주지 않은 것 같다고 생각하고 형 집행을 계속했다. "이 수염 난 악마야, 그것에게 윙크하는 걸 내가 못 봤다고 생각하는 거야? 네놈의 악마를 갈비뼈에서 전부 내쫓아 주지!"

배우들은 빔이 봄을 때리는 것을 보고 기쁨을 감추지 않았다. 이렇게 유쾌한 공연을 또 언제 보겠어! 페쟈는 자기 트레일러로 돌아갔다.

"나쟈, 일어나!" 그는 소녀의 어깨를 부드럽게 흔들었다.

"뭐야? 도착했어? 벌써?" 소녀는 눈을 비비며(눈가리개 아래의 푸른 눈도) 급히 몸을 일으켰다.

"도착했어. 그런데 우리가 가려던 곳이 아니야." 페쟈는 소녀에게 무슨 일이 있었는지 간단히 말해주었다.

"그거 봐." 나쟈는 낙심했다. "또 나를 뭐라고 해. 늘 그런 식이야. 그런데 넌 정말 나쁜 생각을 하고 있었구나. 절대로 다른 사람들이 잘못되기를 바라지 마. 더구나 가까운 사람들이라면."

페쟈는 죄책감이 들어 침묵했다. 소년은 나쟈가 안쓰러웠다. 그리고 자기 자신도.

"대신 이제 우리는 롭을 매장할 좋은 기회를 얻었어." 나쟈는 슬픔에 잠긴 친구의 기운을 북돋워 줘야겠다고 생각했다.

소녀는 조심스럽게 창밖을 내다보았다.

"그래, 네 아빠는 롭을 위해 멋진 자리를 골랐어. 그런데 우리는 멀리 가지 못했구나. 페쟈, 있잖아. 여기는 아주 좋지 않은 묘지야. 이곳에 대해 아빠한테서 많이 들었어. 여기는 아주 오래된 공동묘지야. 야만인 이교도 신당이 있던 곳에 세워져서 평판이 좋지 않아. 죽은 후에 이곳에 누워있는 걸 원하는 사람이 아무도 없어. 그래서 최근 300년 동안은 모두가 거부해서 장례식도 지내지 않은 범죄자들만 여기에 묻혔어."

"이 묘지에 무슨 안 좋은 게 있어?" 페쟈가 몸을 웅크렸다.

"넌 모르는 게 나아." 나쟈는 비밀스러운 느낌을 풍겼다. "전해져 내려오는 이야기에 따르면 난쟁이들이 이곳에 자기네 전설적인 영웅을 매장했다는 정도만 알면 충분해. 우선 묘지로 롭을 싣고 간 후에 나와 내 수레를 가지러 돌아와. 내가 파묻는 걸 도와줄게. 그런 다음에는……. 나의 왕자님, 우리는 영원히 이별하는 거야!"

"무슨 소리야. 묘지에 남으려고?" 페쟈는 깜짝 놀랐다.

"아니. 아직은 좀 이르지. 글쎄, 난 할머니께 돌아갈까 봐." 나쟈는 분명 또 다른 멋진 계획을 세우고 있었다. "혼자 계신 할머니가 왠지 안쓰러워졌어. 마침 아침 시간에 맞춰 도시에 도착하겠네. 서커스와 함께 도망치려 했지만, 마음이 바뀌었다고 말씀드려야겠어. 그리고 롭에 대해서 나는 아무것도 모르는 거야. 아이스크림 장수는 롭이 아이스크림 수레를 훔쳐 달아나려 했다고 생각하겠지. 그들이 그를 찾도록 놔두자고."

"좋아." 페쟈는 동의했다. "다만 내가 올 때까지 여기에 조용히 앉아 있어. 창가로 다가가지 말고. 거기 호기심 많은 사람들이 주변에 많이 돌아다니고 있어. 그런데 너 잘 때 왜 그 꺼림칙한 눈가리개를 벗지 않니?"

"익숙해졌어." 소녀는 무겁게 한숨을 쉬었다. "그리고 만에 하나 내가 자는 사이에 정말로 다른 사람에게 눈으로 저주를 걸면 어떻게 해?"

페쟈가 아이스크림 수레를 고속도로로 밀고 나갔을 때는 이미 거의 모든 배우들이 각자의 트레일러로 흩어져 있었다. 다만 호기심 많은 일곱 명의 난쟁이들만이 여전히 길가에서 서성였다. 나이가 지긋함에도 불구하고(그들이 몇 살인지 아무도 정

확히 몰랐지만, 분명히 300살은 넘었다.) 그들은 항상 아이처럼 행동했다. 밤이라 드문드문 있는 자동차들은 최고 속도를 줄이지 않은 채 '좋지 않은' 장소를 지나쳐 고속도로를 따라 달려갔다. 부모님의 트레일러 옆에서는 이미 교통경찰들이 분주히 움직이고 있었다. 제복을 입은 사람들은 무언가를 촬영하고 또 무언가를 측정하느라 묘지 울타리 옆으로 아이스크림 수레를 밀고 가는 여윈 소년에겐 전혀 관심을 기울이지 않았다. 그들에게는 자신들만의 관심사가 있었다. 낙심한 듯 털북숭이 팔을 축 늘어뜨린 봄은 경찰들 옆에 서 있었다. 그는 사고 이후 아직도 정신을 차리지 못한 상태였다. 대신 사이 좋게 무리 지은 난쟁이들이 경찰들로부터 재빨리 그에게로 다가와 그의 곁에서 깡충거리며 뛰기 시작했다.

"어이, 페쟈!" 수요일은 무슨 음모라도 꾸미는 듯 그에게 윙크했다. "마지막으로 우리를 양철통 안에 넣어주지 않을래?

어쩌면 거기에 아이스크림이 남아 있을지도 모르잖아. 우리가 그걸 핥아 먹을게. 낭비하는 게 좋을 게 뭐야?"

"절대 안 돼요!" 페쟈는 깜짝 놀랐다. "엄마는 나쟈가 보낸 모든 선물에 독이 들었다고 생각하세요. 당신들 때문에 엄마는 내 목을 잘라 버릴 거예요."

"엄마는 그럴 수 있지." 목요일이 웃었다.

"우리가 함께 묘지에 갔다 오면 어때?" 부지런한 화요일이 제안했다.

'당연히 그러길 바라지.' 페쟈는 생각했다. '정말 그랬으면 좋겠다. 정말 정말.'

하지만 소리 내어 말한 것은 이러했다. "아니, 여러분. 좀 쉬세요. 빨리 할 테니. 철문까지만 나를 바래다 줘요. 그럼 돼요."

"두렵지 않아?" 난쟁이 중 가장 작은 일요일이 그의 약을 올렸다. "묘지는 밤에 무서울 걸 아마. 게다가 평범한 묘지가 아니라 영웅적인 우리 형제 룸펠슈틸츠헨*의 묘지라 더욱더 그렇지.

---

* 룸펠슈틸츠헨(Rumpelstilzchen)은 독일 민화에 나오는 난쟁이이다. 룸펠슈틸츠헨과 관련된 민화의 내용은 다음과 같다. 옛날 한 방앗간 주인이 자신의 딸은 물레로 짚을 자아 황금으로 바꿀 수 있다고 거짓말을 했다. 그 근처를 지나던 황금을 좋아하는 왕은 그 말이 사실인지 시험해 보기로 하고 방앗간 주인의 딸을 왕궁으로 데려왔다. 딸에게 방안 가득 짚과 물레를 준 왕은 사흘 후 아침까지 짚을 황금으로 바꾸지 못하면 살려두지 않겠다고 말했다. 시름에 빠진 딸 앞에 난쟁이가 나타나 짚을 황금으로 만들어줄테니 대가를 달라고 말했다. 딸은 난쟁이에게 첫째 날은 목걸이를, 둘째 날은 반지를 주었고 난쟁이는 방안 가득했던 짚을 황금으로 만들어주었다. 왕은 황금을 보고 몹시 기뻐하며 마지막 하루도 성공하면 딸을 왕비로 삼겠다고 말했다. 그날 밤에도 난쟁이는 딸을 찾아왔지만 딸은 더 이상 줄 것이 없었다. 난쟁이는 왕비가 되어서 낳은 첫아기를 달라고 요구했고 딸은 결국 그 제의를 받아들였다. 다음 날 왕은 이번에도 황금이 있는 것을 보고 약속대로 딸과 결혼했다. 1년 후, 왕비가 된 딸은 아기를 낳았고 난쟁이가 약속했던 아이를 받으러 찾아왔다. 왕비는 아기를 데려가지 말라고 사정했고 난쟁이는 사흘 내에 자신의 이름을 맞히면 아이를 데려가지 않겠다고 말했다. 왕비는 자신이 아는 모든 이름을 말해보았고, 신하를 시켜 나라 안의 희귀한 이름도 찾게 시켰지만 난쟁이의 이름을 맞힐 수가 없었다. 사흘째 되는 날, 왕비의 신하는 숲에서 이상한 노래를 부르는 난쟁이를 발견했다고 보고했다. 그 난쟁이가 부르고 있었던 노래는 그의 이름 룸펠슈틸츠헨이었다. 마지막으로 아기를 데리러 온 난쟁이에게 왕비는 그의 이름이 룸펠슈틸츠헨이라는 것을 맞추었고 분노한 난쟁이는 자신의 몸을 두 동강내 버렸다.

전설에 의하면 난쟁이들이 이곳에 그를 비밀리에 장사지낸 후에 사람들로부터 그의 무덤을 숨겼다는 거 알고 있어? 내가 누구에 대해 이야기하고 있는 건지 알겠어?”

'아, 맞다. 나 그 자에 대해서 들어 본 적 있어.' 페쟈는 생각이 났다. '룸펠슈틸츠헨, 전설에 나오는 욕심 많은 난쟁이. 미래의 왕비를 위해 짚에서 금을 뽑아낸 대가로 왕비에게 아직 태어나지 않은 아기를 달라고 했어. 발음하기 힘든 자기 이름에 대해 수수께끼를 내고 그녀가 절대 알아내지 못할 거라고 자신했지. 그런데 자신은 자기 이름으로 내내 노래를 부르고 있었어. 바보! 그렇게 아이를 얻지 못하자 그는 화가 나서 자기를 둘로 찢어 버렸어. 그런데 우리 서커스의 어린이 할아버지들은 본인이 그의 친척이자 진짜 땅의 요정이라고 진지하게 생각하고 있다니. 우리 서커스 단원들은 다들 제정신이 아니야.'

페쟈는 그렇게 생각했다. 하지만 난쟁이들을 향해서는 활기찬 어조로 전혀 다른 이야기를 하였다.

“옛날이야기 보다는 우리 부모님이 더 무서워요. 내 삶이 이미 끔찍한 이야기인데 내가 왜 묘지를 두려워하겠어요? 고인들은 고요함을 좋아해서 그렇게 불리는 거예요. 땅속에서 잠잠히 그저 누워 있잖아요. 난 살아있는 사람들이 더 무서워요. 고인들은 내가 어둠 속에서 넘어져도 웃지 않을 거예요.”

“그렇군.” 잘난 체하는 뚱보 토요일이 능글맞게 말했다. “어쩌면 네 말이 맞을 수도 있지. 아닐 수도 있고. 만일을 대비해서 이걸 가져가렴. 도움이 될 거야!”

그리고 그는 차양에 작은 전등이 내장된 자기가 쓰고 있던 야구 모자를 페쟈에게 주었다. 모자는 가느다란 불빛을 5미터 앞까지 비추었다. 그러는 동안 그들은 울타리와 마찬가지로 위에서 아래로 단단한 가시 덩굴로 무성하게 뒤덮인, 묘지로 들어가는 낡은 철문 가까이에 도착했다. 한때 그것은 철을 예술적으로 두드려서 만든, 천사와 십자가가 상단에 장식되어 있는 아주 아름다운 주철문이었지만, 지금은 온통 녹슬어 있었다.

"안녕, 여러분! 이제부터는 나 혼자 갈게요." 페쟈는 꺼림칙하게 삐걱거리는, 잠겨 있지도 않은 철문을 열고 공동묘지의 어둠 속으로 수레를 밀기 시작했다.

오래된 묘지는 세월이 흐르며 진짜 숲으로 바뀌어 있었다. 그 숲 이곳저곳으로부터 기울어진 십자가가 튀어나와 있었고 수상한 소리가 들려왔다. 어둠 속에서 무엇인가가 삐걱거리는 소리, 누군가의 휘파람 소리, 신음 소리, 수군거리는 소리.

'공동묘지처럼 조용하다더니, 여기는 전혀 그렇지 않은걸.' 수레의 손잡이를 잡은 손이 두려움에 차가워지고 여윈 무릎이 배반하듯 떨리는 것을 느끼며 광대는 생각했다.

어린 광대는 고개를 돌리지 않고 이상한 소리에 반응하지 않으려 애쓰며 앞으로 걸어갔다. 그는 좁은 오솔길로 변한 중앙 통로를 따라 걸었고 속으로 500까지 세기 시작했다. '다 센 다음 수레를 두고 나쟈를 데리러 달려가야지.'라고 페쟈는 결정했다.

"삼백오십삼, 삼백오십사……."

그러자 바로 그의 앞에서 누군가가 낮은 소리로 느리게 신음

소리를 냈다.

"으으으! 내가 어디 있는 거지? 나를 풀어 주세요! 으으으! 으으으!"

페쟈는 무서움에 어디까지 세었는지 잊어버린 채 무작정 발걸음을 재촉했다. 신음 소리가 계속되었다. '이제 더는 못 견디겠어!' 페쟈는 거의 달리기 시작했다. 두렵고 불안해서 그는 앞에 있는 길이 가파르게 왼쪽으로 꺾인다는 것을 눈치 채지 못했고 막무가내로 수레를 앞으로 밀어댔다. 눈앞에 있는 나무와 묘비를 보았을 때는 이미 늦었다. 수레 앞바퀴가 두꺼운 나무 뿌리에 부딪쳤다. 페쟈는 넘어지면서 전등이 달린 모자를 떨어뜨렸다. 이미 수레는 뒤집혔고, 양철통은 어둠 속으로 사라졌다. 페쟈는 양철통 중 하나가 미지의 언어로 된 룬 문자 묘비명을 누군가 지운, 십자가도 없는 비석을 에워싸고 있는 거대한 참나무 뿌리 옆 땅 밑으로 떨어지는 것을 보지 못하였다.

7장
룸펠슈틸츠헨은 바로 나다!

캄캄한 어둠 속에서 페쟈는 풀숲을 더듬어 난쟁이의 모자를 찾긴 했지만 전등은 켜지지 않았다. 아마도 울퉁불퉁한 굽은 뿌리에 부딪쳐 망가진 것 같았다. 광대는 조심스럽게 일어나 칠흑같은 어둠 속을 찬찬히 들여다보았다. 언젠가는 눈이 이 어둠에 익숙해지겠지! 어떻게든 이 가망 없는 곳에서 벗어나야 한다.

"오오오!" 페쟈 바로 옆에서 익숙한 신음소리가 들렸다. "여기서 나가게 해줘!"

그때 하늘의 짙은 구름이 열어지자 주변이 훨씬 밝아졌다. 어둠은 해질녘의 어스름으로 바뀌었고, 그 흐릿한 빛 속에서 페쟈의 눈은 주변 사물의 윤곽을 구별하기 시작했다. 그가 뿌리에 세게 부딪혔던 거대한 떡갈나무와 뒤집힌 손수레, 그에게서 두 발짝 정도 떨어진 곳에 놓인 아이스크림 통이 보였다.

"우우우!" 신음은 통에서 들려오고 있었다.

롭이 살아났구나! 아니 어쩌면 그는 죽지 않았던 걸까? 페쟈가 통을 향해 조심스레 발걸음을 옮기자, 두 발은 무른 땅에 무릎까지 빠졌다. 그는 더 깊이 빠질 수도 있었지만 커다란 부츠가 막아주었다. 페쟈는 앉아서 땅에서 발을 빼냈다. 빨간 부츠가 땅속에 남았다. 광대는 신음소리가 들려오는 통으로 기어가 뚜껑을 뒤로 젖혔다.

"롭, 잠깐만 기다려. 지금 꺼내줄게!"

"누구세요?"

"그건 중요하지 않아."

"지금 내가 어디에 있죠?"

"어차피 안 믿을 거야."

페쟈는 두 손을 양철통 속에 넣고 롭의 다리와 팔을 동시에 잡아당겼다. 이렇게 해야 반으로 접힌 딱한 사람을 꺼낼 수 있었다.

"아아아!" 롭이 울부짖기 시작했다. "날 어디로 잡아당기는 거예요?"

양철통 속에?
내가 빌어먹을 양철통 속에 있다고?

"네가 결정했잖아, 롭."하고 페쟈가 헐떡이며 말했다. "난 너를 이 양철통 속에 남겨둘 수도 있어. 너는 나에게 대단히 필요한 존재는 아니라서."

"양철통 속에? 내가 빌어먹을 양철통 속에 있다고?" 롭은 화를 냈다.

"그렇지, 그 빌어먹을 것 속에. 네가 더 잘 알걸." 페쟈는 마지막 힘을 다해 두 발로 양철통 손잡이를 밟고 롭을 밖으로 잡아빼냈다.

두 사람은 이제 떡갈나무 뿌리 사이에 누워 있었다. 페쟈는 완전히 힘이 빠졌고, 롭은 온몸이 마비되고 머리가 윙윙 울렸다. 소년들은 말없이 어둠 속을 바라보며 가쁜 숨을 몰아쉬었다.

그러는 동안 이름 없는 무덤 옆의 구덩이에서는 불타는 석탄 같은 눈을 가진 매우 보기 흉한 생물이 머리로 두 번째 양철통을 밀어내며 기어 나왔다.

"정말 오래 잠들어 있었군!" 그 존재는 투덜거렸다. "그런데 이게 무슨 매너야, 양철통으로 머리를 쳐서 깨우다니? 아프잖아. 이런! 사람 고기 냄새가 나는데. 내가 지금 어디에 있는 거지?"

그 생물은 독일어로 말했지만 마치 러시아 관광객 같은 끔찍한 억양으로 말했다.

"나도 바로 그것이 알고 싶어." 아직 그 생물을 살펴보지 못한 롭이 말했다. "지금 내가 어디 있는 거지? 제길, 당신들은 누구야? 설마 나를 유괴한 건가? 그렇다면 괜한 짓을 했어. 아버지는 댁들에게 내 몸값으로 돈 한 푼 안 줄 거라고. 돌려받지 않으려고 오히려 돈을 낼 걸. 제기랄, 내가 바보 같은 소리를 했나 보다. 입을 다무는 게 좋겠어."

"우리는 룸펠슈틸츠헨의 묘지에 있어." 페쟈는 석탄 같은 눈의 남자를 유심히 살펴보며 말했다. 그는 키가 작고 털이 덥수룩했으며 아주 이상했다. 아주 아주 이상했다. 심지어 무시무시했다.

"뭐라고? 룸펠슈틸츠헨?" 키 작은 남자와 롭이 동시에 서로 다른 억양으로 반문했다.

페쟈의 머리에 달린 전등이 갑자기 작동하기 시작했다. 그 빛은 공동묘지의 낯선 이를 정면으로 비추었다. 그러자 롭과 페쟈는 동시에 공포에 질려 비명을 지르며 도망을 치려고 했다. 그

불타는 석탄 같은 눈을 가진 매우 보기 흉한 생물이

러나 광대는 나무뿌리에 걸려 넘어졌고 롭의 다리는 아직은 전혀 말을 듣지 않았다. 그들은 또다시 땅바닥에 누워 있었다.

"룸펠슈틸츠헨은 바로 나다." 끔찍한 생물이 말했다. "그런데 내가 어떻게 여기에 와 있는 것이지?"

언젠가 그가 격렬한 분노에 휩싸여 위에서 아래로 찢어버린 털북숭이의 뒤틀린 몸은 지하에서 꽤 잘 보존되어 있었지만, 난쟁이에겐 안타깝게도 몸은 제대로 붙지 못했다. 즉 몸이 서로 거꾸로 붙은 것이었다. 난쟁이는 상체와 하체가 섞여 버렸다. 이제 그의 위쪽에는 똑같이 아래가 그런 것처럼 팔과 다리가 함께 하나씩 있었다. 살아가기에 그다지 편한 구조는 아니었다.

"아하! 그래, 그래. 생각났다! 그 소녀가 나를 속이고 바보로 만들었어. 화를 참지 못하고 어리석은 짓을 저질렀지. 그런데 내가 이 떡갈나무 아래 얼마나 오래 누워 있었던 거지?" 난쟁이는 손과 발로 커다랗고 텁수룩한 귀를 신경질적으로 잡아당기며 계속해서 중얼거렸다.

롭은 새롭게 만난 자기와 같은 불행을 겪은 동지를 지지하기로 결심했다.

"바로 그거야! 나하고 완전히 똑같은 이야기예요. 재앙은 다 소녀 때문이에요. 내가 기억하는 마지막 일이란 이웃인 마녀와 맞붙어 싸운 거였어요. 그 멍청한 애가 못생긴 광대와 입을 맞추고 있더라고요. 나는 그저 조용히 평화롭게 그들의 사진을 찍으려고 했을 뿐이었는데 쾅 하더니 정신을 차려보니 양철통 안이었어요."

페쟈는 롭이 어둠 속에 있어서 아직 그의 코를 보지 못했고, 자신이 가발이 없는 상태라 알아보지 못한다는 것을 깨달았다.

"가만." 룸펠슈틸츠헨이 관심을 보였다. "너 '마녀'라고 했느냐? 내가 잘못 듣지 않았지? 나는 마녀가 정말 싫다! 늙은 룸펠슈틸츠헨을 깨우라고 마녀가 두 새끼 인간을 여기로 보냈나? 그리고 아무 말도 전하지 않고?"

"나쟈는 마녀가 아니에요." 페쟈는 기분이 상했다. "그리고 수레를 버리라고 저를 이곳에 보낸 건 내 부모님이에요."

"으아아!" 롭이 소리쳤다. "이제야 널 알아보겠다. 이 저주받을 광대야! 이 교활한 곡예사 놈들, 너희가 마녀랑 서로 짜서 아이스크림 수레를 훔치고, 나를 기절시킨 후 유괴해서 수레와 함께

묘지에 묻으려고 했지? 마녀가 너희에게 돈을 얼마나 줬어?"

"그게 아냐." 페쟈가 폭발했다. "네가 스스로 벤치에 머리를 부딪쳤어."

"그럼 양철통에도 내가 알아서 기어들어갔다고?"

페쟈는 대답할 말을 찾지 못했다.

"모든 것이 지극히 흥미롭구먼." 난쟁이 괴물이 말했다. "그런데 인간 애벌레들아, 혹시 지금이 몇 년도인지 말해줄 수 있겠나? 빌어먹을!"

"2019년이요."라고 말한 후 롭은 페쟈에게 힘겹게 주먹을 들어 보였다. 아직은 몸이 말을 듣지 않았다.

"아니 이런! 오랜 세월이 지나도 사람들은 여전히 그대로군." 난쟁이는 기뻐했다. "어떤 마녀가 너희들을 보냈는지 모르겠지만, 이거 아주 시기적절하네. 내가 여기 참 오래도 누워 있었어. 그런데 나는 여전히 새끼 인간이 필요하거든. 심지어 너희처럼 못생기고 대머리라도 괜찮아. 지금은 다들 그런가 보지. 나는 그 인간에게 내 지식과 능력

을 전수하기를 원한다."

"저는 대머리가 아니에요." 롭이 투덜거렸다. "머리를 박박 깎은 거예요."

"왜 인간 아이가 필요하세요?" 페쟈가 놀라서 물었다. "그냥 다른 어린 난쟁이에게 전해주시지."

"너 요정 이야기를 많이 아는구나, 빨간 코? 그게 문제야!" 룸펠슈틸츠헨은 손대신 튀어나와 있는 발을 놀란 듯이 바라보더니 욕을 하며 계속해서 말했다. "문제는 여자 난쟁이들은 이미 오래전에 멸종됐다는 거다. 우리 늙은 요정들은 외롭게 여생을 보내고 있지. 얼른 정해라, 너희 두 바보 중에 누가 내 제자가 될지."

'이거 갈수록 더 어려워지네.' 페쟈는 생각했다.

롭은 더 단순했다.

"손발 난쟁이, 어째서 내가 너의 제자가 되어야 하지? 네가 무얼 할 줄 아는데? 나에게 무엇을 가르칠 수 있지?"

이상하게도 난쟁이는 화를 내지 않고 차분한 목소리로 롭에게 대답했다.

"당연히 짚에서 금을 뽑아낼 수 있다. 그렇지만 이건 아무것도 아니야. 제로 수준이랄까. 솔직히 말하면 난 뭐든지 금으로 만들 수 있다. 더 정확히 말한다면 '할 수 있었지', 500년 전에는. 게다가 이 일은 내 힘을 많이 소모시킨다. 지금 바로 보여줄 수 있을지 자신이 없구나."

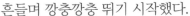

"물론 그렇겠지." 롭은 경멸하듯 말했다. "나도 거짓말 섞어서 허풍떠는 거 좋아해."

청년의 몸은 마침내 그가 원하는 대로 움직이기 시작했지만, 머리에 페쟈의 코만큼 큰 혹이 나있고 목이 살짝 옆으로 굽어 있어 벤치와의 실패한 도킹을 생각나게 했다. 롭은 벌떡 일어나 훈련하듯 팔을 흔들며 깡충깡충 뛰기 시작했다.

"머리에 혹 달고 뜀뛰는 녀석아, 네 말은 내가 너에게 능력을 증명한다면 내가 원하는 만큼 오래 내 제자로 있겠다는 뜻이냐?" 룸펠슈틸츠헨이 능글맞게 물었다.

페쟈는 어찌 해야 할지 전혀 모르겠다는 어리둥절한 표정으로 그들의 대화를 지켜보았다. 도망치는 것 외에는 아무것도 머리에 떠오르지 않았다. 하지만 지금 광대는 플롬비르 아이스크림 통 속에 담겨 파묻힐 뻔한 얼간이 롭에 대한 이상한 책임감을 느꼈다.

"뭐로 증명할 건데?" 뜀뛰기를 멈추지 않고 롭은 질문에 질문으로 답했다.

"음, 이를테면 이 무거운 양철통을 금으로 만들어보지." 난쟁이 괴물이 교활하게 말했다.

"어서 해봐." 롭은 쉽게 동의했다.

룸펠슈틸츠헨은 소년들에게 등을 돌리고는 팔과 다리를 흔들며 요정 언어로 무어라고 중얼거렸다. 페쟈는 그 순간을 이용해 머리로 길을 가리키며 롭의 바짓가랑이를 말없이 잡아당겼다. 롭은 탈출을 권하는 그의 무언극을 이해했지만 묵살해 버렸다.

"기다려, 이 광대야! 지금 너까지 생각할 겨를이 없어."

롭의 눈은 그의 앞에 놓인 양철통에 고정되어 있었다. 페쟈가 등불을 통에 비추자 소년들은 그것이 눈앞에서 원래의 회색에서 고귀한 금색으로 바뀌는 것을 보았다.

"25킬로그램의 금이다." 롭이 속삭였다. "이게 머리를 다쳐

생긴 환각이 아니기를."

난쟁이는 그들을 향해 몸을 돌리고 팔과 다리를 엄숙하게 벌렸다. 주름지고 뻣뻣한 양피지 같은 피부에 덮인, 마치 노란 뼈로 만든 가면처럼 바싹 마른 그의 얼굴에 미소 비슷한 것이 나타났다. 석탄 같은 눈은 뻣뻣한 머리카락 사이에서 노란빛으로 희미하게 빛났다.

"나는 지쳤다." 룸펠슈틸츠헨은 이렇게 말한 후 자기 말을 확인시키듯 누워버렸다. "하지만 그만한 가치가 있었어. 롭, 이제 너는 나의 제자다. 이제 좀 쉰 후에 수업을 시작하겠다."

"난 수업은 싫어." 무게를 어림하기 위해 힘겹게 황금 통을 들어 올리며 롭은 날카롭게 말했다. "고마워, 영감. 나는 더 이상 아무것도 배울 필요 없거든. 꿈은 이루어진다. 헤이 홉!"

롭은 페챠의 머리에서 전등이 달린 모자를 벗겨내 박박 깎은 자기 머리에 눌러 썼다.

"고마워, 광대야! 난쟁이, 너는 광대를 제자로 데려가는 게 나을 거야. 괴물은 괴물을 가르쳐야지. 난 집에 갈 시간이야!"

룸펠슈틸츠헨은 서투르게 벌떡 일어나더니 롭을 향해 달려가고자 했다. 그러나 팔과 다리로 움직이는 것은 어려워서 그는 넘어지고 말았다. 그러자 난쟁이는 절망 속에서 팔과 다리를 하늘을 향해 들어 올리며 무서운 비명을 질렀다.

"롭, 어디 가느냐? 멈추어라. 이 나쁜 녀석아! 도대체 왜? 나에게 약속했잖아, 이 올챙아! 비열한 인간쓰레기들! 너희들은 또 다시 룸펠슈틸츠헨을 바보로 만들었구나! 너희를 저주한다! 부모님이 '사람을 절대 믿지 마라. 그들은 약속을 안 지킨다!'고 하시더니."

하지만 롭은 지금 괴상한 난쟁이가 거기서 뭐라고 소리치든 개의치 않았다. 소년은 안간힘을 써서 통의 손잡이를 움켜잡아 가까스로 가슴에 끌어안은 후 오솔길을 따라 묘지의 철문을 향해 달리기 시작했다. 머리에 달린 전등이 롭에게 길을 비춰주었다. 룸펠슈틸츠헨과 어둠 속에 단둘이 있다는 것을 깨닫게 된 페쟈는 뒤쳐지지 않기 위해 롭의 뒤를 따라 달릴 수밖에 없었지만, 가시가 발을 파고 들어와서 맨발로는 정말이지 쉽지 않았다. 그러나 털북숭이 난쟁이가 더 무시무시했다.

롭은 통으로 철문을 연 후 완전히 지쳐서 길가 풀밭에 쓰러졌다. 누워있는 그의 몸 위로 서커스단의 호기심 많은 난쟁이들이 몸을 굽혀 쳐다보았다.

"뭐야, 또 난쟁이들이야?" 가쁜 숨을 몰아쉬던 롭은 화를 내며 위를 올려다보았다. "아니면, 내가 난쟁이의 악몽을 꾸고 있나?"

"이거 묘지에서 페쟈 대신 무슨 난쟁이 혐오자가 나타났네? 똑같이 대머리지만 페쟈는 확실히 아니야. 죽은 사람 같아 보이진 않는데?" 화요일이 놀라며 말했다. "그런데 왜 토요일의 모자를 쓰고 있지? 혹시 이자는 변신한 페쟈인가?"

"보라구, 형제들. 이 깡통 황금으로 만들어져 있어. 난 황금은 다른 것과 절대 헷갈리지 않지." 목요일이 기뻐했다.

"이봐, 이봐, 이봐! 그 탐욕스러운 작은 손을 치워! 이 통은 내 거야!" 롭은 난쟁이들에게 필사적으로 다리를 휘둘렀다. "차라리 뤼네부르크가 어느 쪽인지 말해주는 것이 좋을 거야."

이때 마침내 묘지의 열린 철문에 광대 소년이 나타났다.

"이게 무슨 일이야?" 화요일이 부은 눈을 하고 철문에서 뛰쳐 나온 후 바로 신경질적으로 자기 뒤의 문을 닫느라 분주한 페쟈에게 질문을 하며 달려들었다.

"이 황금 통을 든 광대는 대체 뭐야?"

"우리가 룸펠슈틸츠헨을 깨웠어!" 이것이 가쁜 숨을 내쉬며 페쟈가 할 수 있었던 말의 전부였다.

"그러니까 너희들이 그의 금을 훔쳤다고? 큰일 났다! 큰일 났어!" 일곱 난쟁이가 한목소리로 외치기 시작했다.

"페쟈, 아버지께 달려가! 빨리 여기서 벗어나야 해." 이성적인 월요일이 부모님의 자동차 쪽으로 소년을 밀었다.

"수리공과 경찰이 계속 운행해도 좋다고 허락했는데 주인이 모자란 잠을 보충할 때까지 아무데도 안가겠다고 했어. 저주를 거는 마녀의 눈이 두려워서. 하지만 룸펠슈틸츠헨의 저주는 더 무서워! 우리는 서둘러야 해!"

그리고 그들은 페쟈와 함께 봄이 자고 있는 선두 트레일러의 문을 두드리기 위해 황급히 달려갔다.

모두가 그로부터 떠나간 것을 확인한 후 예상치 못한 행복을 맞이해 넋이 나간 롭은 황금 통을 굴리며 집을 향해 갔다. 이미 그는 새로운 풍요로운 삶을 미리 맛보고 있었다. 페쟈의 트레일러 창문에서 나쟈는 아연실색하며 되살아난 이웃을 바라보다가 눈가리개를 위로 밀어 올렸다. 소녀는 자신의 한쪽 눈으로 본 것을 믿을 수 없었던 것이다.

8장
옛 공동묘지에서의 전투

"빌어먹을 난쟁이들! 또 뭐가 필요해? 내가 새벽까지 깨우지 말라고 그랬지. 너희가 그렇게 여위고 피골이 상접하지 않았다면 애초에 너희들을 다 먹어 치웠을 거야. 그리고 아들, 너 이들과 한패냐? 왜 맨발이지? 젠장맞을 룸펠폼펠은 또 뭐고? 너희들은 뭐냐? 묘지에서 독버섯이라도 먹었어?" 방금 잠이 깬 봄은 평소보다 더 무서웠다.

그는 앞섶을 풀어헤친 가운을 입고 억센 가슴에 무성하게 난 털을 긁으며 트레일러의 계단에 서서 그들을 향해 소리쳤다.

그의 어깨 위로 잠이 채 가시지 않은 빔의 얼굴이 나타났다. 그런데 오 세상에, 얼굴에 턱수염이 없었다! 그저 보통의 여성스러운 심지어 다소 호감 가는 용모였다. 빔은 맨 턱을 잡고 '어머나!'하고 외치며 몸을 숨겼다가 일 분 후 모두에게 익숙한 턱수염 난 얼굴을 세상에 드러냈다.

"어, 거기 너희들 무슨 일이야?" 봄은 자비를 베풀었다. "다만 누구든 한 사람만 말해. 이를테면 거기 너, 월요일."

"급히 이곳을 떠나야 합니다!" 월요일이 비명을 지르듯 외쳤다.

"왜 아직도 그러는 거야?" 봄이 독살스럽게 미소 지었다. "공동묘지에 겁먹은거냐? 나는 죽은 사람이 좋아. 조용하고 나를 귀찮게 하지 않거든. 최소한 너희들처럼 이러지 않아. 문제 해결됐지?"

봄이 던진 질문에 미처 아무도 대답을 하지 못하였다.

아니 대답을 할 필요가 없었다. 처음에는 모두가 묘지 쪽에서 이상한 소리가 난다고 생각했는데 그 소리가 점점 커지더니 야생마들이 떼를 지어 그들에게로 다가오는 것 같은 어마어마한 소리가 들렸다. 그런 후 금속성의 꽹음을 동반한 아이스크림 수레의 타격에 묘지의 삐걱거리는 철문이 활짝 열리더니 곡예사들의 놀란 눈앞에 룸펠슈틸츠헨의 좀비 군단이 나타났다. 전체 대열의 선두에서 사나운 난쟁이가 아이스크림 수레 위에 직접 앉아 손바닥으로 발바닥을 치며 의기양양하게 웃고 있었다. 수레의 양쪽, 오른쪽과 왼쪽에는 '정의로운' 전투를 하기 위해 난

쟁이가 땅속에서 불러
낸 좀비들이 줄지어
서 있었다. 룸펠슈틸
츠헨의 수레는 여
덟 구의 노란 해골이 끌고 있었는데 그
들 중 세 명은 외팔이었다. 해골 외에도 이곳에는 미라를 연상
시키는 바싹 마른 시체와 형태를 말로 표현하기 힘든 반쯤 썩
은 시체도 있었다. 이들의 피부는 죽은 자를 머릿속에 떠올렸을
때, 가장 불쾌감을 느끼게 하는 색깔이었다. 그들은 주먹 쥔 손
을 흔들고 발을 구르면서 호전적인 태도를 취했다. 그 수가 아
주 많았는데, 수백 이상이었다. 그들은 묘지의 담장과 서커스
트레일러 행렬 사이의 공간 전체를 꽉 메우고 있었다.

"맙소사, 이 흉물들!" 봄은 놀랐다. "우리 서커스에 저런 것들
이 열 개만 있었어도 돈을 얼마나 많이 벌었을까! 그런데 저것
들을 여기서 제일 가까운 마을까지라도 데려갈 수 있을지 걱정
은 되겠어. 먼지가 되어 흩어져 버릴 테니!"

뚱뚱한 광
대와 그의 아내
는 트레일러에
서 고속도로로 내
려와 묘지의 군대를 경탄하며 바라보았다.

"어째서 이 작은 도둑 롭은 보이지 않는 거냐!" 불타는
눈을 반짝이며 룸펠슈틸츠헨은 목쉰 소리로 말했다. "대신 빨간
코를 가진 둘째 도둑이 여기 있구나. 잡았다, 귀여운 것! 수프로
들어갈 시간이야!"

페쟈는 조심스럽게 아버지의 기둥 같은 다리 뒤에 숨었다. 그
러나 부활한 룸펠슈틸츠헨의 모습은 서커스의 난쟁이들에게 너
무나 충격적이었다. 월요일부터 일요일까지 난쟁이들 모두는
그의 모습을 목격한 다음에 얼어붙어버렸다. 튀어나올 것 같은
그들의 눈에 공포와 감탄 중에서 무엇이 더 많이 담겨 있었는지

알 수 없었다.

"참으로 거대한 마차들이로군." 서커스 트레일러를 보고 룸펠슈틸츠헨은 놀라며 말했다. "여보게, 떠돌이들. 어째서 얼어붙었지? 작은 광대를 여기로 끌고 와! 그래, 그래, 너희들. 인간들의 광대놀이에서 연기나 하는 수준으로 전락해버린 보잘 것 없는 너희 난쟁이놈들 말이야. 빨리 여기로 데려오면 너희의 무의미한 삶이 끝날 때까지 나를 섬기는 영광을 누리게 될 것이다. 나머지 놈들은 내 전사들이 먹어 치울 것이다. 그들은 차가운 땅속에 누워 고통스럽게 굶주려 왔다."

그러나 서커스의 난쟁이들은 꿈쩍도 하지 않았다. 대신 되살아난 망자들은 지도자의 말을 듣고 기뻐하며 뛰어올라 뼈에서 덜그럭거리는 소리를 냈다. 이 시끄러운 소리에 라피넬리 서커스의 배우들은 잠에서 깨어 트레일러로 밖으로 나오기 시작했다. 그들은 자신들을 잡아먹으려 한다는 것을 알지 못했다. 배우들은 일어나고 있는 일을 믿고 싶지 않아 하면서 힘겹게 눈을 비볐다.

"뭐야, 우리가 아직도 잠자고 있는 거야?" 볼코프의 머리들은 질문했고, 심지어 차례로 서로의 볼을 꼬집었다.

백설 공주, 하룬 알 라시드와 긴꼬리원숭이는 턱수염 난 광대들 뒤로 페쟈와 나란히 섰다.

"어이, 친구들! 거기 뭐 재밌는 일이라도 있어? 나도 데려가 줘!" 트레일러에서 벌레 인간이 외쳤다.

코끼리 맘무트는 무언가 잘못되었음을 감지하고 큰 소리로 나팔을 불었고, 호랑이는 포효했으며, 망아지는 히힝 거리기 시작했다.

"머리가 엉덩이에 붙은 이 촌티 나는 어릿광대가 이제 그놈의 약해빠진 광대들이 우리를 집어삼킬 거라고 하는군. 빔, 들었지?" 서커스장에서 그렇듯 커다란 목소리로 봄은 아내에게 물었다. "이 약골들이 나를, 봄 라피넬리를 잡아먹는다고? 말도 안 돼. 위장도 없는 놈들이……."

"게다가 이놈이 우리 넘어지는 소년을 데려간다고! 우리 페데리코를!" 빔은 으르렁거렸다. "자기가 누구에게 덤비고 있는지 아직 모르는 것 같은데 지금부터 알게 해주지!"

빔과 봄이 실내복을 벗어 던지자 몸에 딱 붙는 줄무늬 서커스 의상 차림이 되었다. 30킬로그램 바벨 크기의 이두박근을 흔들어 보이는 턱수염 달린 두 명의 분노한 거인. 페쟈는 부모님을 자신도 모르게 멍하니 바라보고 있었다.

"한심한 인간들. 항상 앞서서 자랑하곤 하거든!" 룸펠슈틸츠헨은 능숙하게 엄지발가락을 입에 넣고는 귀가 먹먹하도록 큰 소리로 휘파람을 불었다. "저놈들을 먹어 치워라, 죽은 자들아! 내 너희들에게 허락한다. 저 소년만 빼고 모두 먹어버려라. 그리고 빨간 코는 나에게 데려와라!"

그러자 전투가 시작되었다! 굶주린 수백 명의 좀비들이 무장

하지 않은 배우들에게 달려들었다. 전투가 격렬해지기 시작했다. 좀비들이 그들에게 도달하기 직전 봄은 아슬아슬하게 폐쟈를 트레일러 지붕 위로 던져 올렸는데 그곳에서 소년은 눈을 크게 뜨고 아래에서 펼쳐지는 전투를 주의 깊게 바라보았다. 광대들은 자신의 생명을 위해 로마의 검투사 못지않게 싸우고 있었다. 적들은 모기떼처럼 구름같이 밀려와 빔과 봄을 에워싸고 있었지만, 그들은 두 개의 풍차처럼 단단하게 제자리에 서서 강력한 타격으로 적들의 헐어빠진 몸을 산산조각내고 있었다. 광대들이 공격할 때마다 룸펠슈틸츠헨의 전사들은 몇 명씩 한꺼번에 작은 조각이 되어 날아갔다. 그러나 애석하게도 지옥의 조립식 장난감처럼 부서진 뼛조각들은 괴기스러운 생명력을 드러내며 즉시 새롭게 조립되었다. 그리고 히에로니무스 보스*의 그림에나 어울릴 것 같은 이 새로운 괴물들은 다시 적진으로 돌진했다. 백설 공주, 마술사와 조련사는 여섯 난쟁이들의 수염을 잡고 전투용 곤봉처럼 자신의 주변으로 빙글빙글 돌리면서 그들의 단단하고 마른 몸을 무기 삼아 적들을 양옆으로 흩뿌렸다. 할 일 없이 남아있던 뚱뚱한 월요일은 실제로 무술을 펼치는 소림사 스님처럼 발로 살아있는 시체들을 물리쳤다.

"바보들!" 손수레 위에서 펄쩍펄쩍 뛰면서 룸펠슈틸츠헨은 그들을 조롱했다. "죽은 자는 다시 죽일 수 없어! 산 자를 다시

---

* 히에로니무스 보스(Hieronymus Bosch, 1450년경 ~ 1516년)는 네덜란드의 화가로 환상적이고도 독특한 화풍이 특징이다. 인간의 타락과 지옥의 장면을 소름끼치게 표현하였기 때문에 지옥의 화가, 혹은 악마의 화가라 불렸다.

되살릴 수 없듯이! 이봐, 빨간 코. 좋게 말할 때 이리 오너라. 그러면 내가 네 무리들에게 자비를 베풀겠다."

페쟈는 그의 제안에 대해 잠시 생각해보았다. 친구들과 부모님을 위해 자신의 목숨을 바치는 것이야말로 그의 짧은 인생을 정리하는 위대한 결산이 되지 않을까? 하지만 빔과 봄이 그 결정에 동의할 리 없었다. 그들은 처음부터 그를 사악한 난쟁이에게 내줄 수 있었는데도 저렇게 그를 위해 싸우고 있었다. '어쨌든 그래도 두 분은 나를 사랑하고 있었어. 이럴 수가! 이 사랑을 증명하기 위해 무려 죽은 자의 군대가 살아나야 했다니?' 페쟈가 사랑에 대해서 생각하자마자 하늘에서 번개가 내리치듯 그의 머리에 무서운 생각이 떠올랐다. '나쟈! 내가 어떻게 그 애를 잊어버릴 수 있지? 그 애가 제발 승합차에서 내리지 않았기를. 내려서 어딘가로 숨었다면 더 잘된 일이지만. 뭐 하러 나는 그 애를 끌고 왔을까? 어리석고 보잘것없는 광대 같으니! 심지어

나는 그 애를 지켜주지도 못하잖아. 여기 지붕 위에 앉아서 놀란 참새처럼 떨고만 있어.'

동쪽에서부터 하늘이 밝아지기 시작하자 페쟈에게 어처구니 없는 희망이 생겨났다. 동이 트면 죽은 이들은 자기 무덤으로 사라져야 한다는 생각이 떠오른 것이었다. 최소한 그가 어린 시절에 읽고 들었던 동화들에선 그랬다. 지금 일어나고 있는 일은 너무나 현실성이 없었다. '그런데 우리가 새벽까지 버틸 수 있을까?' 페쟈는 고통스러운 마음으로 곰곰이 생각했다.

한편 전장에서 빠져나온 긴꼬리원숭이들은 맘무트와 호랑이의 승합차를 열었다. '어떻게 나는 저렇게 해야겠다는 생각조차 하지 못했을까?' 페쟈는 더욱 낙담했다. '심지어 원숭이들이 나보다 더 똑똑하구나.'

호랑이들은 무슨 일이 일어나고 있는지 살펴보더니, 즉시 볼코프 때문에 그들이 겪었던 고통에 대해 앙심을 품고 울타리를 뛰어넘어 묘지의 어두운 수풀 속으로 사라졌다. 하지만 코끼리 맘무트는 되살아난 죽은 자들을 공격하기 위해 돌진했다. 코끼리의 출현으로 배우들은 훨씬 편해졌고, 전투의 양상도 극적으로 변모하였다. 좀비들 대부분은 살아있는 거대한 고깃덩어리를 보고 기뻐하면서 관심을 불쌍한 맘무트에게로 돌려버렸다. 그런데 바로 그 이유 때문에 코끼리 맘무트가 분노했다.

"코끼리야, 그들을 밟아버려!" 페쟈는 트레일러 지붕에서 맘무트를 독려했다. "짓밟아버려!"

그러자 코끼리는 짓밟았다! 죽은 자들은 지하실의 벼룩이 고양이에게 하듯 사방에서 맘무트에게 달려들었다. 그들은 지하에 있는 동안 발톱이 되어버린 손톱과 이빨로 거대한 동물의 두꺼운 가죽을 움켜잡으려 애썼다. 그러나 맘무트가 기둥 같은 다리를 움직이거나 작은 동산처럼 튀어나온 엉덩이를 이리저리 돌리기만 해도 적들은 개가 목욕한 후 몸을 털면 날아가는 물방울처럼 날아가 버렸다. 맘무트는 아스팔트 위에 떨어진 좀비들을 발로 다져 그들의 썩은 뼈를 먼지로 만들어 버렸다. 좀비의 대열은 눈에 띄게 줄기 시작했다. 조랑말과 돼지에 올라 탄 긴꼬리원숭이들은 피스톤이 달린 장난감 권총으로 죽은 자들을 사격하면서 코끼리에게 합세했다. 떠들썩한 것과 달리 별로 의미 없는 행동이었지만, 원숭이들은 이것을 무척 자랑스러워 했다. 변화에 고무되어 승리를 확신한 빔은 가증스러운 룸펠슈틸츠헨을 향해 돌진했다. 빔은 룸펠슈틸츠헨이 분노에 차서 펄쩍펄쩍 뛰고 있는 수레의 가장자리를 주먹으로 쿵 소리가 나도록 쳤다. 수레가 뒤집어지며 난쟁이 괴물이 공중으로 내던져졌다. 그러나 검은 하늘에서 삼중 공중회전을 하면서도 룸펠슈틸츠헨은 머리를 짜내 세 번 휘파람을 불었다. 그와 동시에 수백의 역겨운 악령들이 묘지의 담을 통과해 밀도 높은 회색 무리를 이루더니 용감한 서커스 전사들을 사방에서 에워쌌다. 스스로 트레일러에서 기어 나와 공격자들의 발치로 굴러간 핑커튼 경의 돌진은 무의미한 헌신이 되었다. 페쟈의 눈앞에서 용감한 피

냐는 조각조각 찢겼다. 더 이상 그 광경을 볼 수 없었던 페챠는 용기를 내어 아래로 뛰어내려 갈고리 같은 해골의 손가락에서 벌레 인간의 머리를 잡아챘다. 주위에서는 전투가 맹렬히 진행되고 있었다. 페챠는 팽이처럼 몸을 빙빙 돌려 적들을 분산시키면서 부모님께 더 가까이 다가가려고 애썼다. 피냐의 머리를 가슴에 끌어안고 그는 주먹을 뻗은 채 회전했다. 주위에는 역겹게 웃고 있는 해골들과 반쯤 부패한 시체들이 어른거렸고, 머리 위에선 만족스러워 하는 룸펠슈틸츠헨의 음산한 웃음소리가 들려왔다.

'정말로 우리는 모두 이렇게 바보같이 죽게 되는 걸까?' 소년의 머릿속에는 어두운 생각이 일렁거렸다.

그런데 갑자기 페챠 주변의 사악한 좀비들이 하나둘 불타기 시작했다. 그들은 푸른 불꽃으로 타올라 무슨 일이 일어났는지 이해할 시간도 없이 순식간에 재가 되었다. 하기야 그들은 워낙 아무것도 이해할 능력이 없지만.

'만세! 우리는 견뎌냈어! 이제 새벽이야!' 페챠는 기뻐하며 눈을 들어 하늘을 봤다. 그러나 태양은 없었다. 단지 창공의 먼 끝자락이 용감한 곡예사들에게 전혀 도움이 되지 못해 부끄럽다는 듯이 천천히 얼굴을 붉히고 있었다. 룸펠슈틸츠헨의 군대를 태워버린 것은 태양이 아니라 승합차의 창문을 열어젖힌 나챠의 시선이었다. 감히 자신의 왕자인 페챠를 공격한 이들을 향해 나챠의 왼쪽 눈에서 레이저처럼 뻗어 나온 증오에 불타는 시선이 그들을 재로 만들어 버린 것이었다. 불과 1분 전까지만 해도 나쟈는 자신이 그런 일을 할 수 있을 것이라고는 상상조차 하지 못했다. 그녀는 무자비한 현실이 아니라 마치 공포 영화를 보듯이 창밖에서 벌어지고 있는 일을 넋을 잃고 바라보고 있었다. 유일하게 그녀를 기쁘게 한 것은 폐쟈가 싸우는 이들 사이에 끼어 있지 않다는 사실이었다.

'어린 왕자는 어딘가에 숨어서 이 악몽이 끝날 때까지 있으려나 봐. 맞아. 이런 전투는 그 애에게 전혀 어울리지 않아. 그 애는 너무 온화하고 연약해.' 소녀는 희망을 품고 생각했다.

그러나 그녀가 전투의 한가운데에 광대 소년이 나타난 것을 보았을 때 그녀의 머릿속에서 어떤 스위치가 켜졌다. 나쟈의 왼쪽 눈을 가득 채운 격렬한 증오는 가느다란 불의 광선이 되어 눈가리개를 뚫고 나갔다. 그리고 이제 이 증오와 희망의 광선은 음산한 좀비들을 줄줄이 태워버렸다. 룸펠슈틸츠헨은 이제 곧 자신을 위해 싸워줄 이들이 모두 사라질 것이라는 사실을 깨닫고 큰소리로 외쳤다.

"집으로 가자, 불쌍한 녀석들아! 더 빨리, 더 빨리! 이랴, 이랴!"

좀비 군대에서 남은 자들이 그의 수레 손잡이를 움켜잡고 묘지로 부리나케 다시 끌고 갔다.

"맘무트! 악당 코끼리! 그의 뒤를 쫓아라. 손발이가 도망치지 못하게 해!" 좀비에게 물려 피투성이가 된 봄은 즉시 상황을 파악했다.

턱수염 난 광대는 단숨에 성난 코끼리의 등 위로 뛰어올라 불운한 난쟁이를 추격하며 달려갔다. 그들의 뒤를 따라 긴꼬리원숭이들이 조랑말과 돼지를 타고 피스톤으로 계속 딱딱 소리를 내며 화약 연기를 피웠다. 그리고 카우보이들을 뒤따라 흥분한 난쟁이들이 일렬로 서서 깡충깡충 뛰며 쫓아 갔다. 재로 뒤덮인 고속도로에는 지칠 대로 지친 마술사, 조련사와 백설 공주가 가쁜 숨을 몰아쉬며 앉아 있었다. 페쟈는 구출한 피냐의 머리를 백설 공주의 팔에 안겨준 후, 승리를 축하하고 감사를 표하기 위해 나쟈에게 달려갔다. 하지만 무엇보다 페쟈는 그저 자신의 나쟈를 향해 달려간 것이었다.

9장
기쁠 때나 슬플 때나

페쟈는 나쟈에게 고맙다고 말을 하려고 했지만 그렇게 하지 못했다. 그가 승합차 문을 열자마자 소녀가 기쁨의 비명과 함께 그의 품으로 갑자기 뛰어들었기 때문이다. 그들은 코끼리가 짓밟아 놓은 풀밭 위, 부드러운 회색 잿더미 속으로 쓰러졌다. 그러나 바로 그때 나쟈는 무익한 감상에 시간을 허비하지 않고 곧바로 일어나 적들의 잔해를 자신에게서 털어내며 묘지의 철문을 향해 달려갔다. 맨발의 광대는 다시 해적 눈가리개를 하고 있는 나쟈의 뒤를 간신히 따라잡았다. 이제 눈가리개엔 광선에 불탄 작은 구멍이 있었다.

"더 빨리, 페쟈!" 소녀는 뒤도 돌아보지 않고 외쳤다. "서둘러야 해. 안 그러면 뭔가 무서운 일이 일어날 거야. 그런 감이 와!"

"무서운 일이라고?" 페쟈는 놀랐다. "뭐야, 그럼 지금까지 일어난 일들이 별로 대수롭지 않은 일이었다는 거야?"

그는 앞장서서 나는 듯 달려가는 다리가 긴 여자 친구를 따라잡으려 애썼다. 새벽이 묘지를 밝히고 있었고, 끔찍하게 서두르지만 않았다면 페쟈는 오래된 묘지들 옆에서 자리를 차지하고 있는 들풀의 광란을 충분히 즐길 수 있을 것 같았다. 키 큰 나뭇가지 위에서는 볼품없는 새들이 이미 한창 요란하게 아침 노래를 부르고 있었다. 주위의 모든 것들은 더 이상 두려움을 안겨주지 않았다. 불과 몇 분 전에 일어났던 격전과 무덤에서 나온 이 모든 환상적인 존재들은 이제는 아침 안개처럼 흔적 없이 사라진 밤의 악몽처럼 여겨졌다.

페쟈와 나쟈가 중앙의 오솔길이 갈라지는 곳까지 달려서 도착했을 때, 갑자기 갈림길(여기서 작은 광대가 룸펜슈틸츠헨을 처음 만났다.)의 덤불숲으로부터 트럼펫 같은 맘무트의 음성이 울렸다. 느리고 절망적인 그 소리는 끝으로 갈수록 이상하게 작아져 갔다. 페쟈와 나쟈는 숲속으로 뛰어 들어가다 문자 그대로 난쟁이들에게 날아가 부딪쳤다. 난쟁이들은 오래 묵은 떡갈나무 옆에 입을 벌리고 있는 거대한 원형 구덩이의 둘레에서 떨고 있었다. 풀과 이끼로 뒤덮인 룸펠슈틸츠헨의 묘비가 뿌리 사이에 감춰져 있던 바로 그 떡갈나무였다. 더 정확히 말하자면 한때는 감춰져 있었던.

"시간에 대지 못했어." 나쟈가 숨을 내쉬었다.

"이 구덩이는 분명히 전에는 여기에 없었어. 여기서 무슨 일이 일어난 거지?" 끝도 없이 깊게 느껴지는 구덩이 속을 들여다보며 페쟈가 물었다. "엄마, 아빠는 어디 계세요?"

놀란 난쟁이들이 동시에 구덩이를 가리켰다. 그들은 말을 할수 없을 정도로 놀란 상태였다. 튼튼한 월요일이 힘을 모아 간신히 입술을 뗐다.

"맘무트 때문이야! 맘무트가 너무 무거웠어. 우리는 그들에게 경고하려고 했어. 하지만 빔과 봄은! 그들을 알잖니, 페쟈. 그들은 다른 사람의 말은 듣지 않잖아. 교활한 룸펠슈틸츠헨이 아이스크림 수레 위에서 춤을 추며 약을 올리니까 그만 속아 넘어갔어. 그의 책략에 걸려든 거지. 코끼리가 그를 향해 점프를 했다고. 그리고 그들은 바닥없는 구멍으로 빠져버렸어."

"이건 싱크홀이라고 하는 무서운 구멍이야." 나쟈가 설명했다. "여긴 정말로 바닥이 없어."

"바닥도 지붕도 없어." 수요일이 슬프게 말했다. "페챠, 가여운 우리 작은 고아."

페챠는 구덩이의 가장자리에 엎드려 안으로 머리를 숙였다. 마침내 하늘엔 장밋빛 팬케이크 같은 태양이 느릿느릿 떠올라 주변의 모든 것들을 비추며 세상을 밝게 만들었다. 다만 광대가

들여다보고 있는 구멍 속만이 마치 밤이 그곳으로 옮겨간 것처럼 캄캄했다. 어둡고 고요했다, 마치 관 속처럼. 마침내 페쟈는 이곳이 그의 부모님의 관 속이라는 것을 이해하게 되었다. 빔과 봄은 더 이상 이 세상에 없었다. 페쟈의 머리는 이 생각을 받아들이기를 거부했다.

"엄마! 아빠! 여기요!" 작은 광대는 무시무시한 구멍 속으로 소리쳤고, 30초 후 크게 울리는 메아리가 그에게 자신이 했던 말을 돌려주었다.

"그분들은 빠져나올 거야! 안 그래, 나쟈?" 페쟈는 포기하지 않았다.

"지옥에서? 맙소사!" 목사의 딸은 성호를 그었고, 그의 뒤에서 난쟁이들이 똑같이 따라 했다. "이제 받아들여, 나의 왕자님. 그분들이 평화롭게 쉬시게 해. 네가 그분들을 잃게 되어 슬프지만 말이야."

나쟈의 푸른 눈에서 투명한 눈물이 흘러내렸다. 그러자 페쟈는 더 이상 견디지 못하고 울기 시작했다. 그는 통곡했고 눈물이 분수처럼 솟아 나와 구덩이로 떨어졌다. 부모님에 대한 원망과 두려움, 받지 못했던 사랑과 자신에 대한 연민은 상실의 고통으로 변했으며, 이 고통은 눈물로 바뀌었다. 눈물은 흐르고 또 흘렀다. 그렇지만 페쟈는 여전히 멈추지 못했다. 잠시 뒤 싱크

홀의 가장 깊은 곳에서 지속적으로 웅웅거리는 소리가 들려왔다. 그리고 1분도 지나지 않아 구덩이의 가장자리까지 맑은 소금물이 차올랐다. 넘친 물은 구덩이 가장자리를 넘어 시원한 물결이 되어 누워있는 폐쟈를 적시고 다시 구덩이로 돌아가 잔잔해졌다. 이제 구덩이 대신 파란 7월의 하늘이 비친 맑고 깨끗한 작은 호수가 생겼다. 난쟁이들은 모자를 벗고 작은 호수를 향해 머리를 숙였다.

"이게 뭐람. 내가 이렇게나 많이 울었어?" 흠뻑 젖은 광대는 깜짝 놀랐다. 그리고 생각했다.

'내가 무슨 짓을 한 거지? 모든 게 너무 무섭고 말도 안 되게 황당하네. 누가 웃으면 어쩌려고. 내가 왜 이랬을까?'

그러나 아무도 웃지 않았다. 모두 긴장된 침묵을 지키고 있었다. 떡갈나무 위의 새들만이 아무 일도 없다는 듯이 계속해서 지저귀고 있었다. 아마도 빔과 봄에 대해 좋은 말을 몇 마디 했어야 했는지도 몰랐다. 하지만 얄궂게도 폐쟈에겐 상황에 어울리는 말이 떠오르지 않았다.

"맘무트가 참 안됐어." 화요일이 침묵을 깨뜨렸다. "영웅적인 코끼리였어. 그를 그리워할 거야. 글쎄, 빔과 봄은…… 그들은…… 불쌍한 폐쟈, 너에게 우리의 깊은 위로의 마음을 전할게."

나쟈는 흠뻑 젖은 불쌍한 폐쟈를 주의 깊게 살펴보다가 그를 도와주기로 결심했다. 어쨌거나 나쟈는 목사의 딸인지라 장례식에 여러 번 참석해서 추도사를 들어본 경험이 있었다.

"폐쟈, 부모님을 선택할 수는 없는 법이야." 그녀는 말했다.

"아마도 빔과 봄은 완벽한 엄마와 아빠는 아니었겠지만, 그분들이 없었다면 나의 왕자님인 너도 없었을 거야. 그분들은 너에게 서커스단과 직업을 남겨주었어. 그리고 나는 그분들이 너를 위해 죽은 자들의 무리와 얼마나 용감하게 싸웠는지 보았어. 그분들은 너를 사랑했다고 생각해. 지극히 당신들만의 방식이지만. 그분들이 평화롭게 쉬시기를. 만일 지옥에 서커스가 있다면 그분들도 일없이 계시지는 않을 거야."

"그리고 맘무트도." 화요일이 말했지만, 나머지 난쟁이들이 그를 못마땅하게 쳐다보았다.

"그분들이 그리울 거야." 속으로 자신이 한 말에 놀라며 페쟈가 말했다. "아마 나도 그분들을 사랑했나 봐. 지금에서야 깨달았지만."

"페쟈, 이제 네가 우리 서커스의 주인이야." 월요일이 간신히 기쁨을 숨기며 말했다. "시뇨르 페데리코 라피넬리."

어디에서인지 알 수 없는 곳에서 뛰어온 긴꼬리원숭이들도 구덩이 옆에 서 있는 무리에 합류했다. 그들은 묘지에서 해골들을 뒤쫓다 가시덤불에서 카우보이모자를 잃어버려서 몹시 속상한 것 같았다.

"무슨 일이 있었는지 모두에게 알려야 할 때입니다." 페쟈가 말했다. "남을지 떠날지 각자가 결정하도록 하세요. 나의 서커스는 완전히 다를 것입니다."

난쟁이들은 서로 얼굴을 바라보았다. 수요일은 소년에게 다가가 팔꿈치를 잡고 옆으로 데려갔다. 그런 다음 그의 손을 잡고 자신에게 가까이 잡아당기며 작은 소리로 물었다.

"이제 이 여자도 우리와 함께 하는 거야?"

"'이 여자'가 누구예요?" 페쟈는 이해하지 못했다.

"글쎄, 이 여자. 마녀." 수요일은 눈짓으로 나쟈를 가리키려 애쓰며 한층 작은 소리로 물었다.

"나쟈는 마녀가 아니에요! 애는 우리 모두를 구해주었어요. 부끄럽지 않으세요!" 페쟈는 놀라서 큰 소리로 말했다.

"이런, 또 이래!" 소녀는 씁쓸하게 한숨을 쉬었다.

그녀는 억울해하며 발을 구르더니 난쟁이들로부터 몇 걸음 떨어진 곳으로 가서 노여워하며 몸을 돌렸다. 페쟈는 용감한 난쟁이들이 몸을 떨며 한 덩어리로 뭉치는 것을 보고 놀랐다.

"그래, 구해주었어!" 월요일이 신경질적으로 외쳤다. "그렇지만 우리는 나쟈가 무서워. 갑자기 우리에게 화를 내면? 너는 '마녀가 아니다.'라고 했지만, 우리는 마녀라고 생각해. 빔과 봄은 나쟈가 눈으로 우리에게 저주를 걸었다고 생각했어. 그들은 나쟈를 서커스에 데려오고 싶어 하지 않았는데 네가 너의 승합차에 태워서 몰래 데려왔잖아. 우리가 이 묘지에 우연히 걸려들었다고 확신하니? 나쟈가 그렇게 계획한 것은 아닐까?" 월요일의 뒤를 따라 화요일이 목소리를 내기 시작했다.

"우리는 나쟈의 치명적인 무기를 보았어. 그리고 너를 포함해 우리 중 아무도 나쟈가 또 무엇을 할 수 있는지 모르고 있잖아." 수요일이 결론을 지었다. "선택해. 앞으로 누구와 함께 갈지. 검증된 오랜 친구인지 아니면 마녀인지."

"난쟁이들의 말이 옳아." 나쟈가 그들을 등지고 선채 목소리를 내었다. "심지어 나조차도 내가 어떤 능력이 있는지 모르겠어. 나도 내가 두려워. 어쩌면 난 정말로 마녀인가봐. 여러분, 떠나세요. 나는 나의 길을 갈게요."

나쟈는 광대가 자신에게 다가오는 것을 보지 못했다. 페쟈는 나쟈의 어깨를 잡더니 자기 쪽으로 힘껏 그녀의 몸을 돌렸다.

"나쟈, 나는 너를 두려워하지 않아! 네가 마녀든 아니든 나는 상관없어. 나에게 너는 세상에서 가장 좋은 사람이야. 그리고 나는 너를 절대로 떠나지 않을 거야. 어떻게?! 너는 어떻게 그런 생각을 할 수 있어……."

나쟈는 페쟈에게 부드럽게 입 맞춘 후 그를 포옹하고 광대의 좁은 어깨에 머리를 기댔다. 그렇게 그들은 서로를 안고 주변의 모든 것에 대해 잊은 채 움직이지 않았다. 이 장면을 본 난쟁이들은 혼란스러워하며 서로를 향해 몸을 돌려 난쟁이의 언어로 무언가를 격렬하게 토론하기 시작했다. 페쟈는 전에는 그들이 이 언어를 안다는 것을 생각지도 못했다. 분명 긴급 상황인 것 같았다. 토요일은 심지어 월요일로부터 뒤통수를 얻어맞았다.

마침내 그들은 잠잠해져 페쟈와 나쟈에게 수요일을 대
표로 보냈다.

"우리는 협의를 통해 결정했어." 난쟁이가 위엄 있게 말했다.

"어떻게요?" 광대는 보이지 않는 눈썹을 치켜 올리고 마지못
해 수요일을 향해 몸을 돌렸다. "떠날 건가요?"

"우리는 남을 거야. 페쟈, 우리는 너의 어른스러운 행동에 놀
랐단다. 우리의 시뇨르 페데리코! 우리는 너를 사랑해. 너는 나
쟈를 사랑하고. 에휴, 난쟁이가 있는 곳에는 마녀도 있는 거지.
단 우리는 한 가지 조건을 걸고 나쟈를 서커스단에 받아들이기
로 했어. 전처럼 눈가리개를 하고 다니게 해줘. 그러면 우린 좀
더 마음이 놓일 거야."

난쟁이의 입에서 자신이 나쟈를 사랑한다는 말을 들은 페쟈
는 갑자기 이것이 사실임을 깨닫고 얼굴이 붉어졌다.

"또 눈가리개." 나쟈가 신음했다. "괜찮아. 동의할게. 나의 어
린 왕자, 너는 눈가리개를 한 나를 사랑해줄 거지?"

다시 '사랑한다.'라는 말을 듣고 페쟈는 얼굴이 붉어지다 못해
자기 코보다 더 빨갛게 되었다. 그는 나쟈에게 재빨리 고개를
끄덕여서 사랑에 대한 이 긴 공개 대화를 끝맺었다.

"남겠다고요? 아주 훌륭해요." 광대가 말했다. "그럼 다른 사
람들에게로 가시죠."

그러자 불쌍한 페쟈는 또다시 눈물로 목이 메었다. 아주 짧
은 순간 동안 너무나 많은 모순된 감정들이 그에게 몰려왔던
것이다.

"이건 어떻게 하면 좋을까요, 시뇨르 페데리코?" 목요일이 머리로 떡갈나무 쪽을 가리켰고, 눈물이 채 마르지 않은 페쟈는 눈물 사이로 두꺼운 나무 몸통에 기대어 세워놓은 두 번째 아이스크림 통을 발견하였다.

"내버려 둬요, 이 통은!"

난쟁이들이 웃음을 터뜨렸다.

"그 안에 악마가 있어." 무슨 말인지 몰라 의아해하는 페쟈에게 화요일이 설명해주었다. "거기 흉악한 룸펠슈틸츠헨이 들어앉아 있다고."

알고 보니 턱수염 난 광대들이 박차를 가하고 용감한 코끼리가 네 발로 아이스크림 수레 위로 뛰어올라 수레와 함께 떨어졌을 때, 운 좋은 룸펠슈틸츠헨은 포탄처럼 떡갈나무로 날아가서 나무에 머리를 부딪쳤고 아래로 떨어져 뚜껑이 열려 있던 양철통 속으로 빠져버린 것이다. 그의 무덤 속으로 떨어져서 그를 오랜 잠으로부터 깨웠던 바로 그 양철통이었다. 난쟁이들은 재빨리 뚜껑을 닫아서 그를 붙잡기만 하면 되었다.

"이자 때문에 페쟈의 부모님과 코끼리가 죽었어. 이자를 싱크홀에 빠뜨리자. 그럼 모든 일이 끝나." 나쟈가 제안했다. "거기서 결코 빠져나오지 못할 거야."

"혹시 우리 상어랑 곰치에게 먹이로 주면 어떨까? 그 녀석들 어제부터 굶었는데." 금요일이 제안했다.

"아니에요." 페쟈가 단호하게 말했다. "우리는 그를 싱크홀에 빠뜨리지도 곰치에게 먹이로 주지도 않을 거예요. 우리는 그와는 다르니까요. 일단 양철통을 가지고 가서 내 승합차에 실어주세요. 그를 어떻게 하면 좋을지 생각해볼게요."

이 말을 하자마자 양철통은 모두의 눈앞에서 황금으로 변해서 햇살에 눈부시게 빛나기 시작했다. 양철통 안에 갇힌 룸펠슈틸츠헨은 양철통 밖에서 나는 소리를 잘 들을 뿐만 아니라 일어나는 일들도 잘 이해하고 있었던 것이다.

"황금이다!" 기뻐하던 난쟁이 일곱 명이 양철통의 양쪽을 잡고 고속도로 쪽으로 끌고 갔다.

"나의 어린 왕자, 너는 우리가 보는 앞에서 성장했어." 나쟈는 페쟈를 포옹하고 부드럽게 그의 귀에 입 맞추며 말했다. "전에 나는 너를 그저 사랑했었는데 이제는 존경해."

그녀는 그의 손을 꼭 잡았고 그들은 멈추어 서 있는 서커스 행렬을 향해 걸어갔다. 페쟈의 서커스단으로!

10장
룸펠슈틸츠헨의 선물

마술사, 백설공주, 볼코프 형제와 심지어 피냐까지도 기쁨을 서투르게 억누르며 주인 내외의 죽음에 대한 소식을 맞이했다. 그렇지만 그들은 얼굴에 일말의 슬픔을 표현할 정도의 재치는 있었다. 나냐에 대해서는 난쟁이들과 똑같은 반응을 보였다. 페냐는 그들이 나냐 쪽을 쳐다보지 않으려고 노력하면서 멀리 떨어져 있으려 한다는 것을 알아차렸다. 누구도 그녀에게 기적적인 구원에 대해 감히 감사하려는 생각조차 떠올리지 못했다.

"이제 어떻게 할 거야? 투어는 계속되겠지?" 피냐는 희망을 가지고 물었다.

벌레 인간은 세상의 그 무엇보다 유랑 서커스단과 함께 여행하는 것이 좋았고, 자신이 다른 삶을 산다는 것은 상상조차 할 수 없었다.

"투어는 무슨! 우리 호랑이, 우리 코끼리가 다 사라졌는걸." 볼코프 형제는 하소연하듯 신음했다. "누구와 공연을 하지? 긴꼬리원숭이, 조랑말, 돼지만 남았는데. 코끼리와 호랑이가 없으면 아무짝에도 소용없어."

"나도 무엇을 해야 할지 모르다." 하룬 알 라시드가 그의 말에 맞장구를 쳤다. "피냐는 이제 벌레 아니라 올챙이이다. 그가 얼마나 자랄 것이다? 하룬은 다시 단검과 장검을 삼켜야 하다. 그런데 나는 날카롭고 자극적인 건 안 되다. 위염이 있다!"

"표적을 맞추는 프로그램이 사라졌어. 천하장사들도. 이제 누가 어리석고 사악한 농담으로 관중들을 웃겨주지?" 백설 공주가 걱정했다.

"우리는 새로운 프로그램을 생각해 낼 거예요. 사악한 농담, 조롱과 모욕이 없는 프로그램이요. 이제 페쟈가 서커스의 주인이에요. 선한 서커스의 주인이요!" 나쟈는 화가 나서 발을 구르며 말했다. 그녀에게 나쁜 버릇이 생긴 것 같았다.

"아, 천진난만한 소녀 같으니." 백설 공주는 한숨을 쉬었다. "네가 서커스에 대해서 아무것도 모른다는 것을 바로 알겠구나."

"그리고 사람들에 대해서도." 오른쪽 볼코프가 덧붙였다. "선한 서커스는 아무도 원하지 않거든!"

"나는 원해요." 나쟈를 옹호하기 위해 어린 광대가 일어섰다. "그리고 나와 같은 사람은 많아요. 다만 그들은 서커스가 선하고 즐거울 수 있다는 것을 모를 뿐이에요. 우리가 그들에게 증명하겠어요."

"순진한 녀석." 왼쪽 볼코프가 얼굴을 찡그렸다. "아이들이나 할법한 유치한 소리야. 너희들 뜻대로는 안 될 거다."

"그런 마술은 통하지 않다." 마술사가 그를 지지했다. "내 생각에는 황금 통을 잘라야 하다! 모두가 나눠 갖다. 그리고 해산하다."

"훌륭한 생각이오." 볼코프 형제가 한목소리로 말했다.

어린 광대는 자신의 배우들을 새롭고 어른스러운 시선으로 바라보았다. 그들은 모두 젊지 않았고, 지쳤으며, 계속되는 투어와 심술궂은 주인에게 시달리며 고통을 받았다. 그들은 모두 이미 오래전에 은퇴해야 했었다. '서커스'라는 단어는 그들을 화나게 했다. 사실 라피넬리 서커스단이 그들에게 해준 것이 무엇이 있을까? 대중의 조롱, 고통과 모욕? 오직 피냐와 긴꼬리원숭이들만이 서커스를 좋아했다. 그러나 페쟈는 포기하지 않기로 결심했다. 지혜로운 나쟈와 이 상황에 대해 상의할 필요가 있었다. 아마 이번에도 그녀에게 또 다른 멋진 계획이 준비되어 있을 것 같았다.

"여러분과 논쟁하지 않겠습니다." 페쟈가 말했다. "생각을 좀 해야겠어요. 한 시간 후에 다시 회의를 소집할 거예요. 그때 모든 걸 결정하기로 하지요. 여러분, 통은 잠시 제 승합차로 끌고 가 주세요."

통을 바라볼 때면 눈이 황금보다 더 강렬하게 빛나는 난쟁이들은 무거운 용기를 들어서 페쟈의 승합차에 들여놓았다.

"사람들에게 이 황금을 나눠 줘." 소년이 문을 닫고 아프고 쑤시는 발에 광대 부츠를 한 짝, 또 한 짝 신고 나자 나쟈가 말했다. "그리고 그들을 모두 자유롭게 해줘. 너랑 나는 트레일러와 승합차와 천막을 다 팔자. 아마 인터넷에서 살 사람을 찾을 수 있을 거야. 그런 다음 우리는 결혼하고 작고 빨간 차를 사서 전세계로 신혼여행을 떠나는 거야. 피냐와 원숭이들은 우리가 데려가자."

페쟈는 결혼의 '결'자도 생각을 해 본 적이 없었다. 그래서 결혼에 대한 말은 일단 귓전으로 흘려듣기로 했다. 나쟈의 계획에는 더 심각한 결함이 있었다.

"그럼 룸펠슈틸츠헨은? 너는 그에 대해서는 잊어버렸어?"

"아차! 정말 잊어버렸네. 내가 말했을 때 싱크홀에 빠뜨렸어야 했는데. 하지만 넌 내 말을 절대 듣지 않으니까. 이제 아무도 네가 황금 통을 물에 빠뜨리게 두지 않을 거야."

"하지만 나는 그를 익사시키고 싶지 않아." 페쟈가 말했다. "사실 그는 그렇게 악당은 아니야. 사람들은 항상 그를 속였어. 단지 그는 제자에게 자기 지식을 전해주고 싶어 했을 뿐인데. 롭 역시 그를 속이고 화나게 했지."

"이 난쟁이 때문에 너의 부모님이 돌아가셨어!"

"맞아, 그건 그래. 그건 정말로 끔찍한 사건이었어. 하지만 모든 것이 아주 혼란스럽게 뒤얽혀 있어. 우리가 그를 놓아주면 어떨까?" 나쟈는 생각에 잠겼다.

"그가 제자를 찾고 있었다고? 분명 그는 아주 많은 마법을 부릴 줄 알거야. 그와 서로 얼굴을 맞대고 이야기를 나누어 보자."

"너는 그가 마법을 걸까 두렵지 않니?" 묘지 난쟁이의 행동거지를 기억하면서 페쟈는 물었다.

"내 무기에 맞설 수 있는 마법은 없어!" 나쟈는 보라는 듯 그녀의 전투용 눈에서 눈가리개를 들어 보였다. "너도 직접 봤잖아. 그가 불명예스럽게 싸움터에서 도망치는 것을."

페쟈는 통의 뚜껑을 열어젖히고 재빨리 나쟈 쪽으로 껑충 뛰어 물러났다. 신은 스스로

조심하는 이를 보호해 주신다. 통에서 룸펠슈틸츠헨의 흉측한 머리가 천천히 밖으로 나오기 시작했다. 그의 썩은 눈은 이제 더 이상 빛나지 않았고, 승합차 창문을 통해 비치는 빛으로 인해 그는 가늘게 실눈을 뜨고는 자주 깜박거렸다.

"나를 쏘지 마라, 마녀야! 너희들이 원하는 건 뭐든지 하겠다!" 난쟁이는 애처롭게 간청했다.

"뭐든지라고? 어떤 소원이라도 다?" 나쟈는 그의 말을 믿을 수 없었다.

"내가 할 수 있는 거라면 뭐든지! 나를 풀어주기만 해다오!"

"우리 부모님과 코끼리를 다시 살려줄 수 있어?" 페쟈가 기뻐했다.

"우리 부모님도!" 나쟈가 그와 함께했다.

"쉽지." 난쟁이는 암탉이 꼬꼬댁거리는 것처럼 웃기 시작했다. "단 오오오, 아아아 하지 않아야 한다! 너희들은 되살아난 시체가 어떻게 생겼는지 이미 보았다."

페쟈와 나쟈는 서로 눈빛을 교환한 뒤 생각에 잠겼다. 이제 그들은 아무 말 없이도 서로를 이해할 수 있었다. 자신의 부모님을 그런 모습으로 보고 싶지는 않았다. 그분들이 평화롭게 쉴 수 있도록 해주기로 했다.

"어리석은 인간들! 아차, 이걸 내가 소리 내서 말했나? 늙은이를 용서해 주게. 무덤 속에 오래 누워 있었더니 속 마음을 감추는 법을 잊어버렸어." 나이 많은 난쟁이의 눈은 점차 빛나기 시작했다. 그들이 일단은 자신을 죽이지 않을 거라는 걸 알자 룸펠슈틸츠헨의 목소리에는 다시금 농담하는 듯한 어조가 나타났다.

"나는 너희들이 황금 산이나 루비와 에메랄드로 가득 찬 동굴을 원할 거라고 생각했지."

"아니야, '지혜로운' 난쟁이." 나쟈가 말했다. "황금은 아무도 행복하게 하지 못해."

"이렇게 하자." 페쟈가 결정했다. "우리 서커스단 배우들 모두의 소원을 하나씩 들어주고, 그런 후에 나와 나쟈의 소원을 들어줘. 우리는 소원에 대해 좀 더 생각해 볼게. 그렇게 모두의 소원을 들어준 다음에 너를 풀어줄게. 물론 네가 다시는 사람들을 해치지 않겠다고 맹세해줘야 돼."

"세상의 모든 황금을 걸고 맹세한다! 난쟁이의 맹세다! 내가 너희를 속인다면 나를 갈가리 찢어라." 난쟁이는 즉시 소리쳤다. "나는 전부 동의한다. 너희 서커스 단원들을 이곳으로 데려와라."

이렇게 페쟈의 승합차에서 진정한 소원 성취가 이루어지기 시작했다. 어린 광대는 배우들을 데리러 갔고 나쟈는 남아서 룸펠슈틸츠헨을 눈으로 겨눈 채 잡아두고 있었다. 가장 먼저 승합차에 들어간 사람은 눈부신 은빛 뱀 의상을 입은 유연한 노파 백설 공주였다. 알고 보니 그녀가 배우들 중에서 가장 용감했다. 다른 배우들은 승합차 주변에 모여 페쟈가 듣고 있는데도 개의치 않고 의심스러운 이벤트에 대한 의견을 나누었다.

"탐욕스러운 마음을 갖는다면 무슨 생각인들 안 하겠어, 동료

들과 황금을 나눠 갖지 않으려고 말이야."

"물론 그가 소원을 이뤄주겠지! 십중팔구 우리 백설 공주를 두꺼비나 더 나쁜 걸로 바꿔놓을걸."

"불쌍한 페쟈는 사랑에 빠져서 완전히 제정신이 아니야! 만일 마녀와 난쟁이가 서로 공모하면? 그리고 우리 황금을 가져간다면?"

그러나 페쟈는 그들의 말에 관심을 기울이지 않았다. 그는 지난 15년 동안 어떤 사람들과 함께 지냈는지 잘 알고 있었다. 괴물들의 서커스에서 보낸 삶이 그들을 그렇게 만들어버렸다. 빔과 봄이 살아있을 때 배우들은 속으로만 생각했었다. 하지만 이제 그들은 아무도 두려워하지 않았다. 게다가 그들은 지금 광대의 관심 밖이었다. 광대는 무슨 소원을 빌어야 할지에 대해서 골똘히 생각하고 생각했다. 어쩌면 불멸을? 아니면 더이상 넘어지지 않게 해달라고? 아니면 모든 사람이 현명하고 선해지는 것을 소망해볼까?

페쟈가 고민하는 동안 백설 공주의 옷을 입은 눈부시게 아름다운 낯선 젊은 여자가 트레일러에서 뛰어내렸다. 그녀는 이중 공중제비를 돌아 좌우로 갈라진 배우들 사이로 착지해 눈부신 백설의 미소를 지었다.

"이럴 수가! 백설 공주!" 화요일이 행복하게 빛나는 미녀의 큰 눈에서 눈을 떼지 못하며 중얼거렸다. "300년 전에 네가 이런 모습이었던 것이 기억나. 너 정말 아름답다!"

"나 돌아왔어요, 화요일!" 백설 공주는 난쟁이의 이마에 입 맞추고는 나는 듯한 걸음걸이로 자신의 트레일러로 향했다.

"우와아!" 볼코프 형제가 갑자기 목청껏 고함을 지르더니 페쟈의 트레일러로 돌진했다.

"저 사람 다음 나!" 마술사가 긴 팔을 쭉 뻗고 승합차의 문 옆에 섰다.

하룬 알 라시드 뒤로 행복을 위한 대기 열이 생겨났다. 난쟁이들이 월요일부터 일요일까지 순서대로 줄을 섰고, 긴꼬리원숭이들이 그들의 뒤를 이었으며, 페쟈가 팔에 올챙이 피냐를 안고 줄의 끝에 섰다.

볼코프 형제가 포옹한 채 트레일러에서 나왔을 때는 이미 아무도 놀라지 않았다. 이제 각자에게 자기 몸이 생기자 그들의 얼굴에는 생애 최초로 만족스러운 웃음이 피어났다.

"고마워, 페쟈! 고마워! 의심해서 미안해." 볼코프 형제는 당황해 하는 광대를 끌어안았다. "새로운 벵골 호랑이가 승합차에서 우리를 기다리고 있어!"

어린 광대는 항상 불만스럽고 화를 내며 불평하던 볼코프 형제의 이러한 부드러운 태도에 전혀 준비가 되어 있지 않았다. 이제 그들의 수염 난 얼굴은 기쁨으로 빛나고 있었다.

"어째 하룬이 오랫동안 나오지 않네." 초조한 목요일이 걱정을 했다.

"그러네요!" 페쟈는 서로 나누어진 행복한 쌍둥이의 포옹에서 벗어날 수 있게 되어 기뻤다. "가서 아직 마법을 하고 있는지 들여다볼게요."

마술사는 승합차에 없었다. 나쟈는 역겨운 미소를 짓고 있는 난쟁이의 머리에 시선을 고정한 채 같은 자리에 앉아 있었다.

"오, 빨간 코가 돌아왔구나." 룸펠슈틸츠헨이 기뻐했다. "소원을 생각해냈나, 광대?"

"아니, 아직. 하룬은 어디에 있지?" 페쟈는 사라진 마술사를 찾으려고 고개를 돌렸다.

"아주 먼 곳에 있어." 나쟈가 말했다. "자기를 8세기 바그다드로 보내 달라고 부탁했어. 거기서 마술로 칼리파가 되겠다고."

"칼리파라고?" 이제 자신의 서커스에 마술사가 없다는 사실에 실망한 페쟈가 정정하며 말했다. "가엾게도 피냐가 직업을 잃게 됐군."

"너희들은 배우들의 어떤 소원이든 들어달라고 부탁했다." 난쟁이가 말했다. "만일 다음 사람이 갑자기 너희를 당나귀로 만들어 달라고 한다면 어떻게 할까? 들어줘야 할까?"

"절대로 안 돼." 나쟈가 대답했다. "내가 놀라서 눈빛을 발사할 수도 있어. 누구에게도 해를 끼치지 않는, 위험하지 않은 소원만 들어줘. 알겠지?"

"알겠다." 난쟁이가 조용히 웃었다. "너의 친구들에게 이 이야기를 해줘라."

"응, 물론이지." 페쟈는 출구로 물러났다.

"그리고 좀 서둘러줘. 나는 무쇠가 아니야. 목이 뻣뻣해." 나쟈가 불평했다.

그러나 위험한 소원에 대한 걱정은 괜한 것이었다. 일곱 명의

난쟁이들은 협의 없이도 사이좋게 자기 몸무게만큼의 황금 한 자루를 요청하고는 동전을 세어보기 위해 트레일러로 달려갔다. 긴꼬리원숭이들은 몸짓으로 묘지 수풀 속에서 잃어버린 카우보이 모자와 깃털로 만든 인디언 머리 장식을 돌려달라고 부탁했다. 나쟈와 페쟈의 차례가 되었다.

"네가 먼저 해." 소녀가 남자친구에게 말했다.

"좋아." 광대가 답했다. "난 준비됐어. 다만 먼저 내 질문에 답해줘. 너는 백설 공주에게 젊음을 돌려주고, 볼코프 형제를 분리해주었고, 마술사를 과거로 보냈어. 너는 그렇게 엄청난 능력을 가진 마법사야."

룸펠슈틸츠헨은 페쟈의 말을 들으며 만족스럽게 털수룩한 머리를 끄덕였다.

"맞다. 전부 그러하다. 그래서 질문이 무엇인가, 빨간 코?"

"그렇다면 넌 왜 자신에게 젊음과 정상적인 몸을 돌려주지 않는 거지? 그리고 만일 네가 그렇게 무엇이든 원하는 대로 마법을 부릴 수 있는데 무엇 때문에 제자가 필요한거지?"

룸펠슈틸츠헨의 얼굴이 붉어졌다 하얘졌다 하며 한동안 신음소리를 내더니, 진정하고는 광대에게 대답했다.

"설명하려면 오래 걸린다, 빨간 코. 너는 내 지혜와 통찰력을 이해하기엔 아직 너무 어리고 어리석다. 네가 도망치지 않고 나의 제자가 되었더라면 너에게 무한한 지식이 열렸을 것이다. 하지만 내가 너에게 몇 가지를 이야기해주마. 그래도 될 것 같다. 첫째로, 젊은 날에 나는 나에게 주어진 소원의 귀중함을 모르고 낭비했기 때문에 더 이상 나를 위해서 쓸 수 있는 소원이 없다. 이것은 너희, 철부지들에게 교훈이 될 것이다. 소원을 현명하게 써라. 반복은 불가능하다. 둘째로, 나는 이제 마법을 완전히 다른 시선으로 보고 있다. 나는 마법으로 모든 일을 할 수 있다. 그래서 반대로 그 빌어먹을 마법을 사용하지 않고 싶은 것이다. 왜 나에게 제자가 필

요한가는 아직 너는 이해하지 못할 것이다, 빨간 코. 그러니 어리석게 굴지 말고 네가 나에게 무엇을 원하는지 어서 말해라."

페쟈는 무엇을 부탁할지 생각해냈다. 그는 세상의 모든 서커스가 선하고 즐거워져서 더 이상은 사람들이 타인의 고통과 기형을 보면서 웃지 않게 되기를 원했다. 오랫동안 고통을 겪은 후에 깨닫게 된 것이었다. 그랬기 때문에 페쟈는 자기가 말한 소원을 들으면서 스스로도 깜짝 놀랐다.

"나에게 정상적인 코와 머리카락을 돌려줘."

그러자 바로 그 순간 페데리코 라피넬리는 못생기고 우스꽝스러운 광대에서 자신의 동갑내기 친구들과 전혀 다르지 않은 잘생긴 곱슬머리의 청년으로 변신하였다.

"오 하느님!" 나쟈가 외쳤다. "나의 왕자님이 평범한 십대가 됐어!" 그녀의 서로 다른 빛깔의 두 눈에서 서로 다른 색의 눈물이 떨어졌다.

"나쟈, 나쟈! 나를 용서해줘. 나는 너를 실망하게 하려고 한 건 아니야. 나 자신도 이렇게 될 줄 몰랐어." 페쟈가 변명하기 시작했다.

"이봐, 젊은이들! 난 통 속에 있는 게 싫어. 소원이 있나?"

나쟈는 울음을 그쳤다.

"나의 왕자, 네가 자신의 모습을 그렇게 망쳐놓았지만 나는 소원을 바꾸지 않을 거야. 나는 너와 결혼하기를 원해."

"너희들은 내가 없으면 그렇게 할 수 없다는 거야?" 룸펠슈틸츠헨은 매우 놀랐다. "아니면 내가 너희를 여기서 결혼시키기를 원하는 건가? 이 통 속에서 바로 지금?"

"나는 열네 살이고 페쟈는 열다섯 살이야! 나는 우리 두 사람이 열여덟 살이 되길 원해!"

"흠, 그건 나에겐 식은 죽 먹기지." 난쟁이는 말을 마치고 침을 한번 뱉었다. "이제 너희는 열여덟 살이다. 너희 소원대로 결혼해라, 이 바보들아!"

페쟈와 나쟈는 놀란 눈으로 서로를 바라보며(처녀의 한쪽 눈은 여전히 흉악한 난쟁이를 주시하고 있었다.) 사랑스러운 시선을 주고 받았다. 페쟈는 어깨가 넓어지고 등은 곧게 펴졌고 키는 20센티미터나 자랐다. 얼굴에는 붉은 수염이 자라서 턱수염이 있던 아빠의 유전자를 알아보게 했다. '미운 오리 새끼' 나쟈는 결혼적령기의 아름다운 아가씨로 변신했다. 몇 분 전과 달리 이제 페쟈에게도 나쟈와의 결혼이 그렇게 어리석고 터무니없는 것으로 생각되지 않았다.

"흠, 이제 나는 가도 될까? 모두가 행복해졌으니 말이야." 룸펠슈틸츠헨은 자기가 있다는 것을 상기시켰다.

"아, 피냐는 어떻게 하지? 그를 완전히 잊고 있었네!"

페쟈는 승합차에서 뛰어나갔다. 그가 두고 온 풀밭에서 피냐의 슬픈 머리가 어딘가를 외로이 바라보고 있었다. 페쟈는 자신을 알아보지 못하는 친구를 품에 안고 그와 함께 승합차로 뛰어들어왔다.

"이제 다 됐어! 마지막으로 한 가지 소원만 더 들어주면 너를 놓아줄게." 청년이 된 페쟈는 지친 난쟁이에게 말했다.

여러분은 벌레 인간이 룸펠슈틸츠헨에게 무엇을 부탁했을 거라고 생각하는가?

11장
페쟈 라피넬리의 선한 기적의 서커스

С отвратительным эффектом раз гнп свалились ровно по краю амфитеатра и в мгновение ока все несчастные зрители за любимыми опознании убора в воду незабываемое воспоминание о лучшем в их памяти выступление цирка Рафинелли.

바로 이 장의 제목과 같은 문구가 빔과 봄이 쓰던 트레일러를 장식한 긴 현수막에 쓰여 있었다. 이것은 지금까지 페쟈가 몰랐던 나쟈의 재능이 발휘된 것이었다. 게다가 알고 보니 나쟈는 자동차 운전을 할 줄 알았다. 그래서 나쟈가 사고로 찌그러진 트레일러를 운전하는 동안 조수석에 앉은 페쟈는 그동안 일어났던 사건들의 의미를 생각해보고 있었다. 때때로 그는 백미러에 비친 자신의 모습을 자세히 살펴보며 이것이 꿈은 아닌지 확인하는 듯 자신의 새로운 코를 만져보았다. 거울을 들여다보지 않을 때는 황홀하게 나쟈를 바라보았다. 페쟈는 꽤 많은 나라를 여행했지만, 그녀보다 아름다운 아가씨는 이 세상 어느 나라에서도 만난 적이 없었다.

서커스단의 구성원 전체가 뤼네부르크 방향으로 움직이고 있었다. 바로 그곳, 나쟈의 고향이자 바로 어제 성공리에 공연을 마쳤던 그곳에서 그들은 새로워진 구성원들과 함께 지금까지 어디서도 본 적이 없는 새롭고 선하고 즐거운 프로그램으로 첫 공연을 할 예정이다.

여기서 그들의 새로운 여행이 핑커튼 경의 소원으로 인해 시작되었다는 것을 설명할 필요가 있겠다. 구성원 전원이 모인 채로 서커스가 순회공연을 하게 해달라고 룸펠슈틸츠헨에게 부탁한 것은 바로 그였다. 피냐의 소원이 아니었다면 라피넬리 서커스의 배우들은 몇 시간 전에 각자가 원했던 곳으로 모두 흩어졌을 거였다. 그들 모두에게는 장대한 계획이 있었다. 난쟁이들은 고향인 카를로비 바리로 돌아가서 인간답게 살아야겠다고 생각

했다. 백설 공주는 자신
의 왕자님을 찾아 떠나고
자 했다. 야심찬 볼코프 형제는 호랑이와 조랑말, 긴꼬리원
숭이들을 데리고 세계의 가장 유명한 서커스를 정복할 요량이
었다. 최악은 피냐의 소원으로 자신의 꿈(동화처럼 아름답고 부
유한 8세기 바그다드)으로부터 문자 그대로 잡아 뽑힌 하룬 알
라시드였다. 게다가 그는 이미 그곳에서 칼리파가 되어 있었다.
그래서 동료들은 이제 그를 '한 시간 칼리파'라고 부른다. 하룬
은 불같이 화가 나서 무대에서 피냐를 톱질하는 순간만을 기다
리고 있었다. 하지만 아직은 오래 기다려야 했다. 피냐의 몸이
아직 충분히 자라지 않아서 가까운 장래에 프로그램을 보여주
는 것은 불가능했기 때문이다. 하룬이 느끼고 있을 실망감을 조

금이라도 위로하기 위해 그에게 황금 통의 뚜껑을 넘겨주어야만 했다. 이렇게 서커스의 모든 배우들은 자기 계획을 포기하고 다시 순회공연을 떠나게 되었다. 왜 뤼네부르크냐고? 이유는 간단했다. 가장 가까운 도시가 뤼네부르크였고, 그곳 사람들은 라피넬리 서커스를 좋아했으며, 무엇보다 나쟈와 페쟈가 그들의 결혼식에서 가장 축복받고 싶은 나쟈의 할머니가 살고 계신 곳이기 때문이었다. 결혼식은 이미 고인이 된 나쟈의 아버지가 목사로 있던 교회에서 공연 다음 날 치러질 예정이었다. 당연히 서커스의 모든 배우들은 초대받았다.

뤼네부르크로 들어가는 성문 근처에서 페쟈는 길섶에서 몸을 잔뜩 앞으로 구부리고 있는 어떤 사람을 보았다. 이것은 마지막 힘을 다해 통을 굴리고 있는 롭이었다. 페쟈는 창문으로 몸을 내밀고 그에게 손을 흔들었다. 그러나 '아주 부유한' 불쌍한 청년은 그에게 관심을 기울이지 않았다. 그리고 아마 관심을 기울였다 하더라도 여전히 알아보지 못했을 것이다. 페쟈는 이제 티브이에서 아이스크림 광고 모델을 해도 될 만한 미남이 되어 있었다.

젊은이들은 첫 번째 공연을 무료로 하기로 결정했다. 서커스 출입문 위에 게시한 현수막에 쓰인 소원인 선한 서커스 공연이 이뤄진 것을 기념하기 위해서였다.

그들은 다시금 새벽녘에 도시로 들어가 또다시 아침 내내 천막을 쳤다. 이번에는 빔과 봄의 재촉이나 조롱은 없었다. 그리고 그다음에…… 그다음에 그들은 하루 종일 새로운 프로그램의 리허설을 했다. 나쟈와 페쟈는 청과물상 할머니를 찾아가 수레를 돌려드리고 신부의 몸값으로 황금 통을 선물했다. 비록 이나쟈가 그 나쟈라고 할머니를 설득하는데 꼬박 두 시간이 걸렸지만. 다행히 할머니는 고집스럽지 않았고 동화를 믿는 분이었다. 물론 나쟈의 눈도 도움이 되었다. 그녀가 눈으로 뭔가를 쏘았다는 게 아니라 눈이 예전 그대로여서 할머니가 마침내 손녀를 알아보고 나쟈와 페쟈가 결혼하는데 동의했다는 뜻이다. 그후 할머니의 동의에 고무된 (그 외 다른 친척은 전혀 없었다.) 젊은이들은 나머지 배우들과 합류했다. 모든 공연 내용을 다시 만들어야 해서, 페쟈와 나쟈는 다른 이들이 산책하러 가지 않겠느냐고 정중히 그러나 강하게 권할 때까지 난쟁이들과 백설 공주, 볼코프 형제에게 진지한 조언을 하며 열성적으로 공연 제작에 참여했다. 공연을 시작하기 한 시간 전인 저녁 무렵에 소식을 들은 블룸 씨가 놀란 표정을 하고 그들을 보러 들렀다.

"온종일 라피넬리 씨와 통화하려고 애썼는데 그분들은 땅속으로 꺼져버린 것 같군요. 이게 어찌 된 일인지 설명해 주시겠습니까? 저와는 추가 공연에 대해 계약한 바가 없는데요. 빔과 봄은 어디에 있는 거죠? 그리고 공연 관람은 왜 무료인가요? 보통 티켓 수입의 절반은 시의 소유인데, 여러분은 오늘 그 돈을 어떻게 지불할 생각입니까?"

이것은 예상치 못한 일이었다. 난쟁이들은 공연장에서 리허설을 중단하고 멈추어 섰다. 그 순간에 재빨리 답변을 하며 나선 사람은 나쟈였다. 시장은 나쟈를 알아보지 못했다. 하기야 그는 페쟈도 알아보지 못했다.

"빔과 봄은 매우 바빠서 오늘은 여기 오지 않을 거예요. 우리에겐 완전히 새로운 프로그램이 있어요. 이 공연은 뤼네부르크의 서커스 팬들을 위한 우리의 선물입니다. 하지만 이 공연을 시장님께서 시민들을 위해 준비한 공연이라고 공지하신다고 해도 저희는 아무런 상관이 없습니다. 어떠세요?"

"그래요? 흠, 좋아요. 물론 돈이 더 좋지만." 작은 소리로 불만스럽게 투덜거리며 시장은 떠나갔고 리허설은 계속되었다.

'뤼네부르크의 서커스 팬들'도 라피넬리 서커스가 예상치 않게 빨리 돌아온 것에 대해 그들의 시장 못지않게 놀라워했다. 공연에는 공포의 사악한 서커스에 대한 가장 충성스러운 팬들만이 왔고, 이들은 새로운 현수막에도 당혹스러워하지 않았다. 그들은 이것이 '선하고' 늙은 턱수염 난 광대들의 또 다른 농담이라고 생각했다. 오늘은 아무도 아이들을 데려오지 않았다. 뭐하러 아이들을 매일 서커스에 끌고 오겠는가. 그래서 공연 직전까지도 관중석에는 꽤 많은 빈자리들이 있었다. 그러나 이것은 페쟈를 당황하게 하거나 실망시키지 않았다. 오늘에야말로 그의 가장 중요한 꿈이 실현될 것이었다. 그는 관중들에게 선하고 즐거운 서커스 공연을 보여줄 것이고, 관중들은 이것이 얼마나 멋진지 이해하고 높이 평가하게 될 것이다!

'모두들 열광할 거야.'

빨간 광대 코를 붙인 페쟈는 흰 모포를 씌운 검은 돼지와 조

180

랑말 위에 커다란 아프리카 북을 들고 선 긴꼬리원숭이들이 치는 북소리에 맞춰 외발자전거를 타고 원형 무대로 나가면서 생각했다. 동시에 난쟁이들은 원형 무대로 뛰어나가 고무공처럼 튀어오르며 서로서로의 어깨 위로 올라가 몸으로 피라미드를 쌓고 공중에서 복잡한 모양을 만들었다. 그런 후 페쟈는 동시에 20개의 물체로 저글링을 했고, 긴꼬리원숭이들은 북으로 놀라운 리듬을 연주했으며, 조랑말과 돼지들은 뒷다리로 서서 살사를 추었고, 줄타기 곡예사 난쟁이는 수염 난 혜성처럼 원형 무대 위를 날아다니면서 죽마, 사다리, 심지어 지팡이까지 타고 뛰어다녔다. 갑자기 막 뒤로부터 밝은 스포트라이트가 켜졌다. 여러분께 비밀을 말하자면 이것은 나쟈의 눈에서 나온 빛이었다. 그녀는 그것의 해로움을 제어하는 법을 금세 익혀서 단순히 서커스의 조명 역할을 하도록 할 수 있었다. 빛은 돔 지붕에 부딪혀 지붕을 밝게 비추었고, 그 자리에 있는 모든 이들은 그곳에서 아름다운 백설 공주가 안전망 없이 커다란 공중 그네를 타고 회전하는 것을 보았다.

그러나 이 모든 장관을 보고 서커스 극장에 박수갈채가 터져 나왔을 것이라고 생각한다면 그것은 여러분의 심각한 착각이다. 배우들은 뤼네부르크 사람들로부터 두세 번 빈약한 박수를 받았을 뿐이었다. 대부분의 관중들은 완전히 당혹스러운 상태였고, 많은 관객들은 지루해서 하품을 했으며, 몇몇은 심지어 불만에 가득 차 휘파람을 불기도 하였다. 이런 적은 한번도 없었다.

"광대는 어디 있
나?" 참을성 없는 가게
주인이 소리쳤다. "우리가
좋아하는 빔과 봄은? 그것도
아니면 하다못해 넘어지는 소년
은?"

"맞아." 그의 옆에 있던 술집 주인이
불만의 바통을 잡았다. "광대들 없이는 지
루해! 눈앞에서 아른거리는 짓은 이미 충분하
잖아. 우리가 좋아하는 무자비한 성격의 수염 난
익살꾼, 추잡한 농담을 잘 하는 빔과 봄은 어디 있나?
함께 그들을 불러봅시다."

그러자 서커스 관객들 전체가 일제히 리듬을 붙여 외치기
시작했다.

"빔! 봄! 나와라!"

"빔! 봄! 나와라!"

무대 뒤에 서 있던 나쟈는 이 조직적인 호출이 정말로 마
음에 들지 않았다. 소녀는 고인이 된 아버지에게 들어 확실히
알고 있었기 때문이었다. 만일 어둠의 세력을 집으로 부른다면
그들은 지체하지 않고 그 초대를 이용할 것이다.

실망한 페쟈가 울 것 같은 표정으로 무대 뒤로 들어와 "사람
들이 좋아하지 않네!"하고 푸념을 하자마자 나쟈는 그를 문자
그대로 외발자전거에서 끌어내렸다.

"그들을 내버려 둬. 여기서 빨리 나가야 해. 트레일러를 타고 어디든 여기로부터 멀리 떠나자."

"그럼 결혼식은 어떻게 하고?"

"연기해야지!"

원형 무대로부터 무대 뒤로 숨을 헐떡거리며 난쟁이들이 들어왔으며 그 뒤를 이어 의아한 표정을 짓고 있는 백설 공주가 돌아왔다.

"이건 완전한 실패야." 화요일이 한숨을 쉬었다.

"그들은 더럽고 공격적인 농담과 넘어지는 광대를 원해." 월요일이 덧붙였다.

"빔, 봄!" 관객들이 힘껏 외쳤다. 이제 그들은 발까지 구르고 있었다.

크게, 더 크게!

"톱밥 위에서 몇 번 넘어지면 관중들이 진정되지 않을까?" 수요일이 페쟈에게 제안했다.

"절대 안 돼요!" 소년은 단호하게 대답하고 붙인 코를 떼었다. "나의 새로운 서커스를 배반하지 않을 거예요."

트레일러의 옆쪽에서 볼코프 형제가 무대 뒤로 들어왔다.

"당신들 무슨 일이야? 우리 호랑이들을 위한 무대를 설치할 때 아닌가?"

"호랑이들이 공연을 실패로부터 구해내지 못할까 봐 걱정이야." 백설 공주가 슬프게 말했다.

"내가 말하다. 이것은 어리석은 시도라고!" 마술사가 핑커튼 씨를 팔에 안고 무대 뒤에 나타났다. "선한 서커스는 아무에게도 필요 없다! 내가 고함치는 걸 중단시키게 나가서 단검 몇 자루 삼키기 할 수 있다."

그러나 아무도 그에게 대답을 할 수 없었다. 왜냐하면 바로 그때 트레일러 근처에서 귀에 익은 무서운 트럼펫 소리가 울렸기 때문이다.

"맘무트?" 페쟈가 놀라서 말했다.

"맞아요. 모두들 얼른 나가요! 그리고 살고 싶다면 트레일러 뒤로 숨어요!" 자기 말에 대해서 다른 사람들이 어떻게 반응을 하는지 기다리지 않고, 나쟈는 페쟈의 손을 잡고 광장으로 뛰어나갔다.

그들을 뒤따라 다른 사람들도 모두 뛰쳐나갔다. 아주 때를 잘 맞추었다. 그들은 맘무트가 둔중한 디플로도쿠스 공룡의 걸음

Мимо них тяжелей походкой прошагал Ма...
Но это был не их цирковой слон: ...
несли огромную обезьяну. На их крутых
спине сумели бородатые силуэты
Бим и Бома.

걸이로 그들 곁을 지나쳤을 때, 가장 가까운 트레일러 뒤로 간신히 숨을 수 있었다. 그러나 그들 곁을 지나간 것은 그들이 아는 서커스 코끼리가 아니었다. 거대하고 곳곳에 긁힌 흔적이 있는 그 코끼리는 평소보다 세 배는 더 커 보였다. 코끼리가 밟고 지나간 광장의 자갈들은 작은 조각으로 부서졌다. 게다가 코끼리의 강력한 몸은 알코올램프의 푸른 불꽃처럼 차갑고 끔찍한 지옥의 불꽃으로 조용히 타오르고 있었다. 코끼리의 가파른 등 위에서 빔과 봄의 턱수염 난 시커먼 실루엣이 보였다. 페쟈는 부모님께 와락 달려가려 했지만, 나쟈는 손바닥으로 그의 입을 막고 저지시켰다.

"저건 이미 그분들이 아니야."

달빛이 빔과 봄의 얼굴에 닿았을 때, 페쟈는 나쟈의 말을 이해하게 되었다. 이보다 더 무서운 얼굴은 상상할 수 없었다. 룸펠슈틸츠헨 군대의 살아있는 시체들은 그들에 비하면 아이들 만화 영화의 등장인물 같았다. 심지어 백설 공주는 그들을 보고 실신해서 그녀의 충직한 난쟁이들의 팔에 쓰러졌다. '이제 그들은 밤마다 내 꿈속에 나타나겠군.'하고 페쟈는 생각했다. 그리고 잠시 후, 끔찍한 기수들과 함께 좀비 코끼리가 무대 뒤쪽에서 서커스 무대로 들어갔다. 원형 무대로 나온 맘무트는 다시금 예리코의 나팔* 같은 트럼펫 소리를 냈다. 관객들은 발 구르며 소

---

* 예리코는 요르단강 서안에 있는 BC 9000년경부터 있었던 것으로 추정되는 세계에서 가장 오래된 도시 가운데 하나이다. 구약성경에 의하면 BC 14세기경 여호수아가 이끄는 이스라엘군의 공격으로 예리코성이 함락되었다. 이때 여호수아에게 성채를 일곱 번 돌고 제사장이 나팔을 불면서 야훼의 영광을 외치면 성벽이 와르르 무너져 내린다는 계시가 있었다.

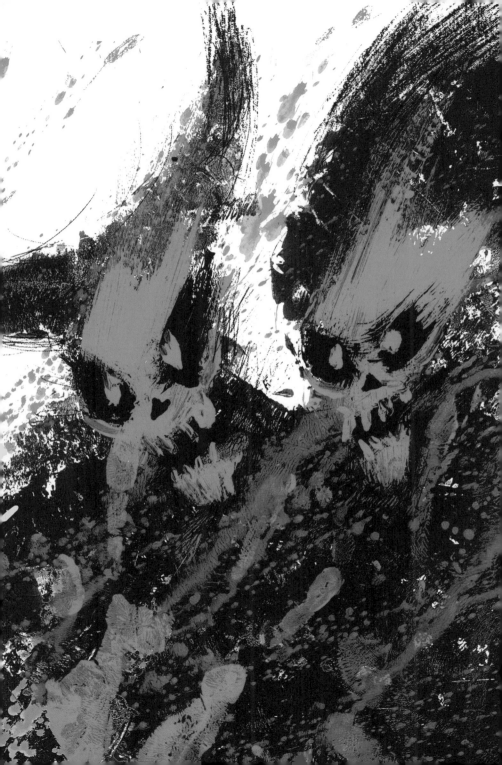

리 지르던 것을 멈추고, 눈을 크게 뜨고 나타난 괴물들을 응시했다.

마침내 진짜 서커스 공연이 시작되었다! 끓는 물에 온종일 끓인 듯이 붉게 물든 봄의 머리는 부자연스럽게 옆으로 비틀어져 있었다. 그는 우두둑하는 끔찍한 소리를 내며 손으로 머리를 제자리에 돌려놓았고, 관객에게 노란 송곳니를 보이며 심술궂은 표정으로 썩은 미소를 날렸다.

"진짜 재미가 그리웠어, 우리 맛난이들? 이제 좀 즐겨보자고!" 죽은 식인귀 봄이 뜨거운 불길을 내뿜으며 으르렁거렸다.

봄은 커다란 검은 혀로 호색한처럼 입술을 핥았다. 관객들은 그런 그의 행동에 답해 순순히 웃으며 박수를 치기 시작했다. 그들은 애썼던 것이 헛되지 않게 그들이 좋아하는 빔과 봄을 불러냈다는 것에 매우 만족했다. 이제 그들은 이미 지루하지 않았다. 그들에게는 광대의 무서운 가면이 마음에 들었다. 그들은 이것이 그들의 진짜 얼굴이라고 상상하지 못했다. 관객들은 상처로 덮이고 부어오른 몸을 실감 나게 분장한 솜씨에 놀라며 감탄스럽게 바라보았고, 어떤 상황에 걸려들었는지에 대해서는 의심조차 하지 않았다.

빔도 곧 있을 풍성한 저녁 식사를 떠올리며 턱수염을 흔들며 귀가 먹먹해지도록 큰 소리로 웃었다. 그녀는 너무 웃다가 드러난 두개골에서 불그레한 눈이 빠져나와서, 삶은 소시지 같은 손가락으로 눈을 원래 자리로 되돌려놓아야 했다. 이것은 그녀를 더욱더 웃음 나게 했고, 너무 우스워서 빔은 코끼리의 등을 무거운 주먹으로 두드리기 시작했다. 맘무트는 그녀가 때리는 것을 명령으로 받아들이고는 광대들을 위로 던져 올리며 제자리에서 높이 뛰어올랐다. 이 점프로 인해 낡은 천막뿐 아니라 뤼네부르크 중앙 광장 전체가 흔들렸다. 관객들은 객석에서 떨어졌지만, 심지어 누워서도 박수를 보냈다. 코끼리는 다시 한번 뛰어올랐다.

"멈춰!" 빔은 째지는 듯한 목소리로 외쳤지만 이미 늦은 상태였다.

원형 무대는 맘무트의 두 번째 점프를 견디지 못하고 무서운 굉음과 함께 밑으로 꺼져버렸다. 굉음 사이로 희미하게 코끼리의 마지막 신음과 빔의 길게 늘어지는 비명이 들려왔다.

"또오오오오!"

이제 천막에는 원형 무대 대신 한없이 깊은 검은 구덩이가 나타났고 조용해진 사람들은 놀라운 시선으로 그곳을 바라보았다. 그들은 이것도 쇼의 일부이고 서커스에서 보여주는 환상일 뿐이며, 이제 곧 모든 것이 제자리로 돌아올 거라고 생각했다. 그들은 다음에 벌어질 기적에 박수를 치려고 준비하고 있었다. 바로 그때, 소금 채굴장으로 연결된 검은 심연으로부터 노랗고 파란 불꽃의 혀가 솟구쳐 나와 타오르는 화염이 되어 3초 만에 천막을 불살라 버렸다. 그때에야 서커스 애호가들은 공연이 끝났다는 것을 깨달았다. 그러자 그들은 집으로 달려가기 위해 동시에 자리에서 일어나 뛰었다. 그러나 집으로 가는 것은 불가능했다. 역겨운 삐걱거림과 함께 구덩이의 가장자리가 정확히 관객석의 둘레를 따라 넓혀지면서 객석이 무너졌고, 눈 깜짝할 사이에 불행한 관객들 전원이 무시무시한 비명과 함께 그들이 좋아했던 광대의 뒤를 따라 떨어지면서 그들의 인생에서 가장 훌륭했던 라피넬리 서커스 공연에 대한 잊지 못할 기억을 심연 속으로 가지고 갔다.

이렇게 몇 초 만에 광장 중앙에는 공포의 거대한 검은 눈동자처럼 벌어진 구덩이 외에는 서커스도 그의 애호가들도 하나도 남지 않고 사라져 버렸다. 완전한 침묵이 흘렀다.

"아마 이것이 라피넬리 서커스의 마지막인가 봐." 트레일러의 뒤로부터 조심스럽게 밖을 내다보며 페쟈가 슬프게 한숨을 쉬었다. "정말 끔찍한 결말이었어. 난 이런 건 상상도 하지 못했어."

"충분히 당연한 결말이야." 나쟈가 그를 끌어안으며 말했다. "조만간 일어나야 했던 일이야. 너의 잘못이 아니야, 나의 왕자님."

핑커튼 씨 조차 이번에는 반박하지 못했다. 서커스는 끝났다. 이번에는 완전히, 그리고 돌이킬 수 없이.

서커스는 끝났다. 그러나 친구들, 삶은 계속된다. 때로 삶은 서커스보다 더 나을 것이 없지만, 대신 때로는 더 나쁘지 않기도 하다. 그리고 이는 기뻐하지 않을 수 없는 일이다! 자 시작하자, 친구들! 여러분의 원형 무대로 나가는 문이다. 넘어지지 않도록 조심하라! 그리고 넘어진 사람들을 조롱하지 말아라. 그저 그들에게 손을 내밀어주어라.

에필로그
페데리코와 나쟈

다음에 우리의 주인공들에게 어떤 일이 일어났는지 궁금할 것 같아서 이후의 일들을 간략하게 정리해보도록 하겠다.

경찰들은 끔찍한 뉴스의 주인공이 된 페쟈, 나쟈, 나머지 서커스 공연자들을 구속하지 않기로 했다. 모든 일은 사고로 인정되었다. 시장 블룸 씨는 사직하였다. 소도시 뤼네부르크는 세상을 떠난 서커스 애호가들에 대한 긴 애도 기간이 끝난 후에 중앙 광장에 만들어진 검은 구멍 덕분에 세계적인 관광 명소가 되었다. 때로 극단적인 사람들이 그 속으로 뛰어들었지만, 아직 아무도 돌아온 이가 없다. 뤼네부르크에서 서커스는 더 이상 허용되지 않았다. 뤼네부르크 사람들은 비극을 청과물상의 손녀인 흔적도 없이 사라진 마녀의 탓으로 돌렸다. 사람들은 그녀가 이렇게 아버지의 죽음에 대해 복수했다고 생각했다.

아이스크림 장수의 의붓아들 롭은 황금 통을 온종일 굴려서 집으로 왔다. 그런데 운이 없게도 황금은 알고 보니 '대머리 사기꾼에게, 룸펠슈틸츠헨의 선물'이라는 유쾌한 낙인이 찍힌 가짜 금, 정확히는 놋쇠로 밝혀졌다.

볼코프 형제는 다른 서커스에서 따로 일하려고 했으나 서로가 없이는 살 수 없다는 것을 깨닫고 다시금 무대에 함께 출연하고 있다. 지금은 상트페테르부르크의 치니젤리 서커스단에서 일한다. 볼코프 형제는 더 이상 그들의 동물을 학대하지 않는다. 그래서 카우보이 긴꼬리원숭이, 돼지, 조랑말 모두가 여전히 그들과 함께 있다.

하룬 알 라시드는 어떻게 그가 칼리파가 되었는지에 대해《마술사 혹은 칼리파?》라는 제목의 회고록을 썼다. 책은 베스트셀러가 되었다. 그리고 할리우드에서 그 책을 원작으로 한 역사 영화가 제작될 예정이라고 한다.

난쟁이들은 카를로비 바리로 돌아가서, 그곳에서 가장 정직한 난쟁이 은행을 열었다. 그리고 저녁에는 그곳의 중앙 광장에서 사람들에게 즐길거리를 제공하고 있다.

백설 공주는 연극대학에 입학했으며 스크린의 스타가 되고자 한다. 그녀는 이미 하룬 알 라시드에 대한 영화에 출연 제의를 받았으며, 난쟁이들이 보고 싶어 카를로비 바리에 방문할 예정이다. 그리고 지금까지도 왕자가 오기를 기다리고 있다.

빔, 봄, 맘무트는 매일 저녁 지옥의 라피넬리 서커스에서 성공리에 공연을 하고 있다. 항상 만원사례다.

채식주의 호랑이들은 룸펠슈틸츠헨 공동묘지의 큰 지하실에 정착해서 그 안에 겨울철을 대비해 주변 들판에서 캐어 온 양배추와 사탕무를 저장해 두고 있다.

페데리코와 나디라는 신분증의 이름을 페쟈와 나쟈로 바꾸고 그들을 알던 모든 이들(물론 라피넬리 서커스의 배우들은 제외하고)로부터 모습을 감추었다. 그들은 함부르크시에서 유쾌한 결혼식을 거행했다. 끔찍한 붕괴가 일어난 후라 뤼네부르크에서 예식을 올리지 않았다. 그들은 나쟈의 할머니께 함부르크의 아파트와 인터넷 청과 쇼핑몰을 사드렸다. 할머니는 행복해하셨다. 그런 후 신혼부부는 승합차가 끄는 트레일러로 긴 여행을 떠났다. 먼저 그들은 눈 덮인 러시아를 방문한 다음 뜨거운 인도를 방문하기로 했다. 그들은 피냐를 데리고 갔으며, 돈이 떨어질 땐 셋이서 도시마다 있는 중앙 광장으로 나와 공연을 한다. 페쟈는 이전처럼 자주 넘어지지만, 항상 그의 곁에 있는 나쟈가 제때에 그를 붙잡는 방법을 익혔다. 나쟈는 오래전부터 아무도 강요하지 않지만 어디든 벨벳 해적 눈가리개를 하고 다닌다. 그녀는 이 눈가리개가 그녀에게 행복을 가져다준다고 생각한다.

그렇다. 말이 나온 김에 행복에 대해서 이야기하자.

룸펠슈틸츠헨은 아직도 자신의 모든 능력을
전수할 제자를 찾지 못했다.
만일 당신이 기적을 일으키는 것을 배우고자 하는
용감하고 대담한 청소년이라면
다음 주소로 그에게 편지를 보내 보아라.

Rumpelstilzchen@gnom.com

행운을 빈다!
우리 서커스는 끝났다.

ики: Вечно хра... ыше времени,
хен ловко су... ...ой палец ноги н... разрешаю.
...свистнул, - сож... ...сого - при... наброси...ись
кроме мальца. Кра... ...ников, как ...х артистов.
Сотни голодных по... ...циркул... мёртвяки
...шихся рядом ... хозяе... За мг овение да ...ину своего т...
и до них. Бом усп... закинуть Фрам... уже ри...ких
...мальчик во ... на... наблюд... и жив...ки Бима и Бома,
би вой. Артисты сражались за... ...ли ...е тела в костну
...аторов. Словно туча комаров ...ротили ...а сразу несколь...
будто две ветряные мельни... ударам... ...каждо..., но, к
...ку своими могутыми ударами раз...ись наш... ...
инов Румпельс...нхена ра... ...ово, сл...розне...х к
...жадению, тут же собирал...сь ...ва из ...аир и эсс...ни... и
...ые невиданные сп...ва Белосо...ь ...алица, ра...бра
...ись в ...й Белосо...ь ...астел... ...ителями.
... то

마술의 비밀

책에 묘사된 모든 사건들은 상상 속에서 창작된 것입니다.
이 책을 쓰는 동안 어떤 동물도, 광대도, 서커스 애호가도
고통 받지 않았습니다. 유럽에서는 괴물 서커스와 해부 극장은
이미 오래전에 금지되었습니다. 현대의 서커스는 (그곳에서 동물
을 학대하지 않는다면) 기본적으로 훌륭합니다.
뤼네부르크는 멋진 도시입니다.
그리고 마지막으로, 다른 이가 넘어지는 것을 보고
모든 사람들이 조롱하지는 않습니다.
좋고 선한 사람이 나쁘고 악한 사람보다 훨씬 많습니다.
그저 그들은 눈에 덜 띌 뿐입니다.

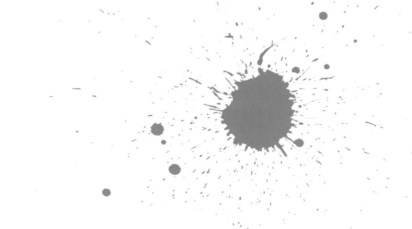

페데리코 라피넬리의 첫사랑

초판 1쇄 | 2022년 3월 10일

지은이 | 안톤 소야
그린이 | 옥사나 바투리나
옮긴이 | 허은
디자인 | S design
편 집 | 강완구
펴낸이 | 강완구
펴낸곳 | 써네스트
출판등록 | 2005년 7월 13일 제2017-000293호
주 소 | 서울시 마포구 망원로 94, 203호
전 화 | 02-332-9384 팩 스 | 0303-0006-9384
이메일 | sunestbooks@yahoo.co.kr
ISBN 979-11-90631-41-9 43890 값 12,000원